COLLECTION FICTION

DU MÊME AUTEUR, CHEZ LE MÊME ÉDITEUR

Invasion, 2018
L'Homme-dé, 2019
Jésus-Christ président, 2020

RHINEHART, Luke. *Vent blanc, noir cavalier*

ISBN : 978-2373050646
Dépôt légal : 1re édition, septembre 2021

Couverture : Elena Vieillard
www.elenavieillard.fr

Les Éditions Aux forges de Vulcain bénéficient pour leur diffusion et leur commercialisation d'un partenariat avec les éditions Anne Carrière.

Les Éditions Aux forges de Vulcain
1 rue de la Montagne
77600 Bussy-Saint-Martin
www.auxforgesdevulcain.fr

Vent blanc, noir cavalier

Luke Rhinehart

Traduit de l'anglais (États-Unis)
par Francis Guévremont

Les Éditions Aux forges de Vulcain

Toute voix est la voix de Bouddha
Tout visage est le visage de Bouddha
Le dé qui roule suit la voie du Bouddha.

Oboko

Toute voix est la voix de Bouddha
Tout visage est le visage de Bouddha
Le dé qui roule suit la voie du Bouddha.

Oboko

Première partie

Une magnifique statue
Taillée dans la pierre la plus dure
Se tient roidement
Dans le jardin.
Sous elle pousse
Une fleur sauvage
Qui meurt,
À l'insu de tous.

D'après des fragments attribués à
Matari (1766-1796), *circa* 1792.

Chapitre I

Dans les montagnes qui s'élèvent au-dessus de la ville de Samika – un peu au nord du col de Kybo – se trouve un petit temple bouddhiste abandonné, et qui était déjà abandonné à l'époque. Les voyageurs y trouvaient refuge contre le climat rigoureux de ces sommets où les hivers sont très longs et la neige très abondante. Parti dix jours auparavant, le poète Oboko se rendait en pèlerinage au monastère de la baie de Nuni, non loin de Samika, afin d'y voir son ancien maître, Eno. C'était un jeune homme de vingt-quatre ans, de taille moyenne, sec et musclé. Son corps avait subi pendant de longues années un entraînement spirituel et physique qui lui avait donné force et discipline ; il avait ainsi entrepris ce long pèlerinage de plus de cent cinquante lieues sans y voir une épreuve plus difficile qu'une promenade après le déjeuner.

Toute la matinée, il avait vu avec une certaine appréhension de sombres nuages s'accumuler dans le ciel au-dessus des montagnes. Vers midi, les premiers flocons avaient commencé à tomber, et il avait pressé le pas. D'épaisses couches de la neige tombée au cours de l'hiver couvraient encore les vallées et le fond des ravins, cachant souvent la surface gelée des ruisseaux qui traversaient le sentier et dont les murmures secrets annonçaient le printemps. Quand il atteignit le point le plus au nord du col, à l'heure du crépuscule, un blizzard violent hurlait depuis plus de quatre heures. Il était épuisé. Les yeux à demi fermés pour se protéger des assauts douloureux du vent qui projetait la neige dans son dos, il avançait anxieusement sur le sentier, simple échancrure entre rocs et pins, espérant à tout moment trouver le temple pour s'y réfugier. Deux heures plus tard, le vent se calma, la neige tomba moins dru, si bien que parfois la demi-lune apparaissait entre les nuages pour éclairer son chemin. Il aperçut la masse sombre d'un bâtiment.

Il poussa l'antique porte de bois, la referma derrière lui. Dans l'obscurité, il respira par le nez afin de détecter les odeurs dans la pièce. Il remarqua immédiatement une faible trace de fumée, puis discerna, à l'autre bout de ce grand hall, une légère lueur rouge : les restes d'un feu. La neige entrait en volutes par les fenêtres ouvertes le long du côté extérieur du temple, et se déposait sur le plancher glacé pour former de jolis petits cônes. On n'entendait que le grincement d'une vieille corde – peut-être attachée à un vieux gong –, le gémissement intermittent d'un volet à l'arrière du temple, que le vent faisait pivoter et qui heurtait le mur, et le vent lui-même, qui se jetait contre l'ancienne construction et la traversait en hurlant.

Oboko fit quelques pas silencieux en direction du mur au nord de la pièce, celui opposé aux fenêtres.

Il posa au sol son baluchon, qui contenait quelques vêtements et des ustensiles de cuisine. De sa main droite, il défit le nœud du cordon qui retenait le col de sa cape couverte de neige, puis il agrippa la poignée de son sabre, qu'il sortit sans bruit de son fourreau de bois. La neige accumulée sur ses cils et ses sourcils commença à fondre, et l'eau lui entra dans un œil. Il dut s'essuyer le visage de la main gauche. Il ne voyait rien dans la pièce, sinon, non loin de lui, une poutre tombée du plafond et, tout au fond, un puits de ténèbres, sans doute l'entrée du couloir menant aux autres pièces. Oboko avait plusieurs fois séjourné en ce temple quand il rendait visite à maître Eno ; il savait qu'en général, l'hiver, les voyageurs préféraient s'installer dans l'une des cinq cellules sans fenêtre qui se succédaient le long de ce couloir.

Il avança à pas feutrés jusqu'au feu presque éteint. Tout près gisait une bouteille de vin, vide. Il s'accroupit, ramassa des fétus de paille dispersés sur le sol. Il les lia entre eux de façon à créer une torche rudimentaire. Il l'approcha des cendres encore rougeoyantes, souffla doucement, deux fois, jusqu'à ce que la paille s'enflammât.

Avec un grognement qu'il voulut en vain réprimer, il se redressa et se dirigea vers le fond de la salle, la torche dans la main gauche, son épée dans la droite. La lueur vacillante faisait danser les ombres sur les murs. Il se glissa jusqu'à la première cellule, où il ne vit qu'une vieille paillasse et des fientes d'oiseaux. La deuxième était tout aussi vide, mais, en approchant de la troisième, il entendit un bruit, une sorte de bourdonnement périodique, comme des abeilles en cage. Quelqu'un ronflait.

Il se dirigea doucement vers la dernière chambre, leva son épée, prêt à frapper, et regarda à l'intérieur. La flamme de sa torche, désormais toute proche de sa main, crépitait, mais la lumière déclinante lui permit tout de même d'apercevoir une large masse sombre allongée sur le sol. Oboko entra dans la pièce et donna un petit coup de la pointe de son épée. Un homme se mit à gémir, d'une voix rauque : « Non, non, non. » La paille commençant à lui brûler la main, il la laissa tomber sur le sol. De son épée, il appuya un peu plus fort sur la couverture. L'homme se redressa brusquement.

« Allez-vous-en ! » s'écria-t-il, en jetant sur Oboko un regard effaré. « Je ne suis pas prêt ! »

Les dernières lueurs de la torche montraient le visage d'un homme terrifié. Soudain, Oboko, stupéfait, le reconnut.

« Izzi ! cria-t-il. Izzi, c'est moi, Oboko.

— Allez-vous-en ! répéta l'homme en poussant de ses jambes pour se placer dos contre le mur.

— C'est Oboko ! »

L'homme leva les yeux. Son visage était à peine visible dans la lumière qui expirait.

« Ah ! par la langue du grand Bouddha, dit enfin Izzi. J'ai cru que tu étais... Toi et ton épée, j'ai cru... »

Il se leva gauchement, et les deux hommes s'embrassèrent dans l'obscurité redevenue totale. Plus grand, plus gros qu'Oboko, Izzi entourait complètement de ses bras le corps mince d'Oboko. La glace qui recouvrait sa tunique craqua et se cassa.

« Trinquons, s'exclama Izzi, trinquons ! Allons rallumer le feu. »

À tâtons dans l'obscurité, il déposa la couverture et se rhabilla, puis les deux hommes retournèrent dans le hall où brillaient toujours l'œil rouge des braises et les étincelles soudaines et intermittentes de la neige qui entrait. Izzi se dirigea vers un des coins de la pièce et en revint chargé de branches et de brindilles. Quelques instants plus tard, le feu crachait ses petites langues enflammées et, pour la première fois depuis la nuit précédente, Oboko sentit un peu de chaleur le revigorer. Il avait posé sa cape brune près de lui pour la faire sécher. Izzi, assis en tailleur face à lui, sortit d'une poche intérieure de son grand manteau une bouteille qu'il regarda avec une révérence radieuse, puis il but à longs traits. Il tendit la bouteille à Oboko en se pourléchant les babines.

« J'ai cru que c'était la Mort en personne, dit-il en souriant. Mais ce n'était qu'Oboko.

— Apparemment », répondit Oboko en souriant à son tour.

Il grattait la neige qui adhérait à ses bottes et au bas de son pantalon.

« Les dieux t'ont guidé jusqu'à moi dans la nuit, dit Izzi.

— Qu'il serait étrange que les dieux s'abaissent à de si futiles tâches.

— Cependant, je n'ai plus rien à manger, ajouta Izzi. Mon cheval est en train de pourrir, quelque part sur le plateau, là-bas, et mon fidèle serviteur, Raco, est parti depuis trois jours.

— Moi non plus, je n'ai rien à manger. »

Une expression fugace traversa le visage d'Izzi, puis il éclata de rire.

« Alors, nous allons réciter des poèmes en attendant de mourir de faim. J'ai composé un de mes plus beaux poèmes après un jeûne de presque cinq heures. »

Il rit de nouveau, les mains jointes sur sa vaste panse et les yeux pétillants. Ses cheveux noirs, son épaisse barbe étaient ébouriffés. Des fétus de paille y étaient accrochés çà et là.

« Tu me sembles pourtant assez bien nourri, commenta Oboko en lui rendant la bouteille.

— Je viens de manger mes dernières réserves - un lapin entier. Il ne faut jamais remettre au lendemain les boustifailles que l'on peut faire le jour même.

— Et si ton serviteur ne revient pas ?

— Alors je serai amer et mécontent. Comment était le col de Kybo ?

— Le vent le franchit sans ralentir.

— Tant qu'il neigera, il sera impossible de descendre à Samika. Par le Bouddha vivant, j'ai bien peur que les dieux soient vraiment en colère cette fois. »

Il y eut un silence, et ils écoutèrent le vent siffler et se ruer contre les fenêtres, gémir en passant sur le toit, hurler en traversant la pinède gelée qui entourait le temple.

« Un homme comme toi ne meurt pas de faim, dit Oboko. Ce sont les petits, comme moi, que l'on enferme dans les temples et qui meurent de faim.

— Ah ! Boko, tu pourrais survivre six mois en te nourrissant uniquement de vent et de neige. Moi, il me faut de la nourriture, de la chaleur, être entouré de gens, être dans une ville. Ici, je sens que je deviens fou. Cela fait bien trente-six heures que je n'ai pas dormi. Mon cœur bat, comme un joueur de tambour qui n'arrive pas à apprendre un nouveau rythme. Même qu'il y a trois heures, il s'est arrêté de battre, mais heureusement, j'ai hoqueté et il s'est remis en marche. »

Izzi rit, puis il détourna le visage et toussa. C'était un homme de forte taille, il portait un manteau qui avait dû coûter cher. Ses joues étaient rouges, et il paraissait en excellente santé.

« Izzi, je te connais depuis maintenant cinq ans, dit Oboko en souriant, et en cinq ans, pas une heure n'a passé sans que tu ne te plaignes d'une mort imminente et spectaculaire. Tu es aussi le seul homme que je connaisse qui ronfle même quand il ne dort pas. Tu pourrais faire un effort : tu n'as même pas l'air malade !

— Mais oui, je fais semblant de ronfler, c'est pour m'aider à m'endormir, répondit Izzi. Et il ne faut pas s'y tromper : ma bonne mine n'est que le dernier sursaut de vigueur qui se manifeste toujours chez ceux qui sont sur le point de périr.

— Un sursaut qui dure depuis cinq ans.

— C'est une longue agonie. »

Ils se sourirent. Izzi but distraitement une lampée de vin, sa troisième, avant de rendre la bouteille à Oboko. Le jeune homme la caressa du bout des doigts, puis il essuya le goulot et but une petite gorgée. Ses traits étaient doux et délicats, et sa barbe, qu'il n'avait pas coupée depuis dix jours, paraissait bien entretenue, en comparaison avec la masse noire et hirsute d'Izzi.

« Quelle est ta destination ? demanda-t-il.

— Je vais en pèlerinage à Samika, pour y voir mon maître, Eno.

— Pourquoi ? »

Oboko tenait la bouteille à demi vide à bout de bras devant lui, comme s'il voulait l'étudier.

« Lo-Chi est morte. »

Izzi scruta attentivement le visage de son ami.

« Oh ! Boko », dit-il simplement.

Oboko se tut, s'efforçant de se concentrer sur sa respiration, l'air qui entrait dans son ventre, dans ses poumons, qui ressortait du ventre et des poumons. Il regardait fixement le feu. Dans le ventre, dans les poumons...

« Il y a quinze mois, nous chevauchions dans les montagnes, non loin de la rivière Ossapi, raconta-t-il doucement. Elle est tombée de son cheval. Elle s'est rompu l'échine. »

Une bourrasque souleva la neige de la congère conique à la gauche d'Oboko. Le feu grésilla. Izzi serrait la bouteille contre son ventre.

« Vous étiez mariés ? » demanda-t-il après un moment.

Oboko, concentré sur sa respiration, répondit mécaniquement :

« Non. La chute a eu lieu un mois avant la date prévue. »

Izzi secoua lentement la tête.

« Cela m'étonne, dit-il. Je croyais que tu acceptais toute mort, même ta propre mort, avec une parfaite sérénité.

— Elle n'est pas morte.

— Elle n'est pas morte ?

— Elle a survécu encore cinq mois après l'accident. Elle souffrait beaucoup, ne pouvait plus bouger.

— Lo-Chi... avec le dos brisé. »

Oboko, sans détourner son regard des flammes, s'efforçant toujours de demeurer conscient du rythme de sa respiration, ressentit un pincement de douleur en revoyant sa fiancée en train de marcher dans un champ, de se tremper les pieds dans l'océan, de sentir une fleur, de lui servir le thé. Cette jeune femme avait tant aimé la vie, et lui, Oboko, le moine, le reclus, avait espéré qu'elle pût lui transmettre un peu de cet amour. Puis il revit Lo-Chi, infirme, immobile, qui regardait les murs nus de sa chambre avec les yeux ternes d'une biche blessée.

« Et puis elle est morte, ajouta-t-il à voix haute.

— Et maintenant, tu vas retrouver Eno ? demanda Izzi.

— Oui.

— Parce que tu veux qu'il t'explique la mort ? »

Une expression fugitive, qui ressemblait presque à du mépris, traversa le visage d'Izzi. Oboko leva enfin les yeux, regarda son compagnon.

« Moi, je..., commença Oboko. Elle était dans son lit, invalide, et moi, j'essayais de contrôler ma respiration, de réprimer mes sentiments. J'allais la voir, mais sans lui montrer le chagrin ou l'amertume que je ressentais. Mais elle, elle ne s'en privait pas. Elle enrageait d'être tombée, elle maudissait tous les dieux, pleurait tous les soirs comme une enfant. Mais pas moi. Je ne montrais pas ma colère, je ne pleurais pas. J'étais imperturbable, comme un roc. Elle a cessé d'enrager, de sangloter. »

Oboko arrêta de parler. Ses yeux se détournèrent vivement d'Izzi, et son regard se perdit dans les ténèbres qui les entouraient. Izzi serrait toujours la bouteille contre son ventre, sans boire, par respect.

« Les deux derniers mois, reprit Oboko, elle regardait le mur.

— Et puis elle est morte, ajouta Izzi.

— Oui. »

Izzi regarda le feu et but longuement, bruyamment.

« Voilà, voilà, je te l'avais bien dit, s'écria-t-il. Il ne faut jamais donner son cœur. Toujours le garder pour soi. Se vouer à des activités inoffensives, comme la poésie. Ou la mort. Tu connais ma devise : "Il ne faut jamais offrir plus de quinze centimètres à une femme." »

Puis il ajouta, en éclatant de rire :

« Exceptionnellement, lorsque l'inspiration spirituelle s'empare de moi, je leur en offre quinze centimètres et demi. »

Oboko ne réagit pas. Il regardait le feu et se concentrait sur sa respiration.

« Par les dieux, Boko, quel succès j'ai eu à Kyoto ! On a publié mon recueil de poèmes sur les saisons, et, pendant une semaine, j'étais de toutes les fêtes à la cour. Toutes les femmes me rôdaient autour. Et la nourriture ! Par les couilles du grand Bouddha, un soir, j'ai mangé tant de venaison, j'ai été forcé de dormir seul. Jamais une femme n'aurait pu me passer par-dessus le ventre pour atteindre mon entrejambe. »

Izzi eut un rire bref. Il détourna le visage pour tousser, puis il resserra son grand manteau autour de ses épaules.

« Je suis presque mort, dit-il encore. C'est vrai. Les médecins m'assuraient que ce n'était qu'une indigestion, mais je savais bien qu'ils me mentaient. Je le sais : c'est mon cœur. Mon cœur, cette fois-là, a presque cessé de chanter son antienne. »

Un volet, qui frappait le mur régulièrement, toutes les six ou sept secondes, le heurta soudain trois fois très rapidement, comme si quelqu'un frappait à la porte. Les deux hommes se tinrent un peu plus droits.

Puis les bruits qui avaient occupé leurs silences recommencèrent.

« Pourquoi étais-tu allé à Kyoto ? demanda Oboko.

— Eh bien, on m'a offert l'équivalent des gages d'une année entière pour écrire une série de poèmes qui rendraient hommage à la beauté et à la grandeur de la célèbre famille des Muffli. As-tu entendu parler de la célèbre famille des Muffli, Oboko ?

— Non.

— Moi non plus, je n'avais jamais entendu parler d'eux. Mais ce sont certainement des gens importants, parce qu'ils m'ont donné beaucoup d'argent. D'ailleurs, c'est moi qu'ils ont choisi pour écrire ces poèmes, ce qui prouve que cette famille, non contente d'être riche, a aussi bon goût. »

Izzi buvait beaucoup. Son visage était rouge, ses mains tremblaient légèrement, son sourire semblait moins net, moins vif qu'auparavant.

« Et maintenant, mon cher Boko, maintenant, je vais gagner Samika, où je vais écrire pour le compte du seigneur Arishi.

— Je vois, dit Oboko. C'est bien.

— Oui, c'est bien, dit Izzi. Très bien, même. Arishi m'a promis trois fois le montant que m'a donné Muffli. Tout ce que j'écrirai sera lu à la cour impériale. Et l'on dit que dame Arishi est la plus belle femme qu'on ait vue depuis Mara la Séductrice.

— C'est la consécration », fit Oboko.

Izzi émit un bref ricanement.

« Pas vraiment. Car, après tout, je suis prisonnier des ruines de ce temple abandonné, dehors, un blizzard fait rage, et je n'ai rien à manger et presque plus rien à boire.

— C'est le calme avant la tempête de ton triomphe. »

Dans le silence qui suivit, ils écoutèrent le vent siffler entre les branches des arbres.

« Si c'est ça, le calme, que le grand Bouddha me protège de la tempête. »

Il soupira profondément. Son regard se posa sur le feu. Il s'appuya contre le mur derrière lui et s'affaissa ostensiblement.

« Et toi, Boko ? Où en es-tu ?

— J'écris mes petits poèmes.

— Et...

— Je lis mes petits poèmes.

— Et...

— Toi et mes amis, vous lisez mes petits poèmes. »

Izzi ricana à nouveau.

« Tu es malin, Boko, dit-il. Personne ne pourra te priver de tes revenus. »

Il eut un sourire en coin, dont Oboko ne saisit pas exactement le sens.

Peu après, Izzi s'endormit, le corps appuyé contre le mur, dans une position inconfortable. Oboko se leva et alla chercher la paillasse d'Izzi. Il en trouva aussi une deuxième dans la dernière cellule. Il coucha Izzi, la bouteille vide serrée contre sa poitrine, près des braises. Il alla placer sa propre paillasse le long du mur nord. Puis, comme tous les soirs, même ceux où il était complètement épuisé, avant de s'endormir, il s'installa dans la position du lotus pour méditer.

Il demeura longtemps – il supposait toujours que cela durait exactement quinze minutes – bien droit, s'efforçant de respirer doucement, de rester bien éveillé tout en ne pensant à rien, d'écouter le vent, de percevoir la danse de la neige qui traversait la fenêtre devant lui, d'entendre les ronflements réguliers d'Izzi et le claquement à peu près prévisible des volets. Il remarqua les rayons de lune qui tombaient de temps à autre sur le sol gelé. Il sentit le mouvement ondoyant et sensuel de son ventre et de sa poitrine à chaque respiration. Puis, tout à coup, son corps sembla décider que le quart d'heure était passé. Oboko se leva, se rendit dans le coin de la pièce où reposait son baluchon. Il en tira un petit morceau de papier, de l'encre et un pinceau.

Il se prépara à écrire un poème. Tous les soirs, depuis presque quatre ans, il écrivait un poème avant de se coucher. Certains étaient très mauvais, surtout au cours des quinze derniers mois ; parfois, il en écrivait un qui était bien. Il ne savait jamais ce qu'il allait écrire avant de commencer. Il écrivait presque toujours des haïkus ou des tankas, mais il lui était aussi arrivé, malgré son besoin de sommeil, d'écrire pendant plusieurs heures des poèmes longs. Parfois, il lui fallait deux heures pour écrire un haïku. Mais, d'une façon ou d'une autre, il écrivait toujours un poème avant de se coucher.

Dans l'obscurité, le pinceau d'Oboko traça, de son écriture fine et précise, des caractères que le moine ne pouvait même pas voir :

Vents, rayons de lune,
Neiges et ronflements gelés.
Lucioles du feu,
Ne sachant pas où aller,
Meurent dans l'obscurité.

Il se relut, fronça les sourcils en constatant un ton d'apitoiement sur son propre sort, notamment dans les deux derniers vers. Il soupira. Il aurait voulu le récrire, mais il était trop fatigué. Il remit le pinceau, l'encre et le papier dans le baluchon, s'allongea sur la paillasse et se mit sous sa couverture, la tirant jusqu'au cou. Il sentait le sommeil lui tomber dessus comme une épée noire, quand il entendit un bruit. Un cheval avait henni.

Il leva la tête de la paillasse. Malgré le hurlement du vent qui assaillait le temple et se ruait par les fenêtres ouvertes, il l'entendit de nouveau : le hennissement, ou plutôt le cri terrifié, aigu d'un cheval.

Il rejeta la couverture et se dirigea vers la porte. Son corps épuisé semblait refuser d'accomplir ce geste si simple d'ouvrir la porte, à cause de la tempête. Il écouta d'abord, mais n'entendit que le vent. Puis il ouvrit la porte : l'air froid qui entra le frappa au visage, le fit reculer, lui coupa le souffle. D'un pas résolu, il sortit et affronta en titubant les ténèbres glaciales.

« Ohé ! » cria-t-il.

Seul le vent lui répondit, comme une sorte d'écho prolongé : « Hoou. » Personne n'aurait pu monter depuis Samika par ce temps, avec le vent de face ; il s'agissait forcément de quelqu'un venant du col. Son corps, pour résister au vent et au froid, se tendait douloureusement, mais il avançait tout de même, un pied devant l'autre, dans la neige jusqu'aux cuisses. Il remonta le sentier qui menait au sommet du col.

« Ohé ! »

Cette fois, il crut entendre une réponse, un son, mais venant de derrière lui. Il se retourna et, le vent étant désormais dans son dos, se força à presser le pas. Il fit une vingtaine de pas, s'arrêta pour crier de nouveau, puis reprit sa course maladroite.

Il trébucha, tomba. En se levant, il vit le cheval, masse sombre contrastant avec la neige. Puis une masse sombre plus petite, plus indécise. Il s'agenouilla auprès du cheval et se pencha sur la personne qui gisait là, à côté de l'animal mais en partie sous lui : une femme, yeux fermés, visage indiscernable. Le cheval haletait en produisant des sons rauques. Oboko creusa de ses mains dans la neige autour de la jambe de la femme, afin de libérer son pied, immobilisé sous l'animal. Le froid lui pinçait les doigts, les flocons, comme des coups de fouet, l'aveuglaient, mais il creusait, de plus en plus profondément, et il réussit à retirer le pied. Il prit la femme dans ses bras, la souleva et retourna en titubant en direction du temple. Pendant un instant, il craignit de s'être perdu, mais il continua à avancer ; la masse grise apparut, et il entra.

Ses bras tremblaient quand il la déposa près des braises encore rougeoyantes du feu. Il glissa la main dans chacune de ses bottes pour vérifier si l'humidité y avait pénétré : elle avait les pieds glacés. Oboko fit une moue de dépit. Il claquait des dents. Il lui retira ses bottes, frotta ses petits pieds avec la paume de ses mains puis les enveloppa dans sa couverture. Izzi ronflait.

Il recueillit autant de fétus de paille et de brindilles que possible et, utilisant les derniers morceaux de petit bois d'Izzi, qu'ils avaient gardés pour le feu du lendemain matin, il ralluma la flamme. Du bout des doigts, il enleva la neige de son visage et de ses cheveux. À la lueur hésitante du feu, il vit que son visage paraissait étrangement serein et assez beau. Elle respirait régulièrement. En repoussant les dernières traces de neige, il remarqua avec surprise qu'elle portait un collier ; il regarda sous son épaisse chevelure noire et vit qu'elle portait aussi des boucles d'oreilles. Ses vêtements étaient en soie et devaient coûter cher. Il glissa timidement la main sous ses habits pour voir si l'humidité avait également pénétré jusqu'à ses épaules : sa peau était chaude et sèche. Il se demanda où il pourrait trouver une deuxième couverture avec laquelle la recouvrir et songea aux deux grandes sacoches qu'il avait vues attachées à la selle du cheval. Il demeura immobile un moment, puis, comme un flocon de neige poussé par le vent, il ressortit dans le blizzard.

Il retrouva la bête, qui ne bougeait plus, ne respirait plus. Il rapporta les sacoches à l'intérieur ; il n'y trouva que des objets inutiles : deux robes de soie et une de coton, du linge de corps, des bouteilles de parfum, un sac contenant des bijoux, une bourse pleine de billets, un grand miroir et un carnet. Il y avait aussi un châle de laine, qu'Oboko étendit sur la femme. Il plaça délicatement les robes des deux côtés de sa tête. Elle ouvrit les yeux.

Oboko la regarda fixement. Ces yeux avaient révélé en s'ouvrant un visage d'une vive, d'une incroyable beauté, et il en était comme frappé de stupeur. Cette masse humaine, qui n'avait été jusque-là pour lui qu'une corvée fatigante, s'était miraculeusement transformée en une femme, une femme d'une bouleversante beauté, et Oboko sentit que cette transformation l'avait affecté comme une gifle. C'était comme s'il venait de se réveiller d'un rêve – ou comme si un rêve venait de commencer ? Il se rendit compte, après quelques instants, que ces grands yeux doux le dévisageaient gravement, comme si elle cherchait à déterminer s'il était malade. Elle ne semblait pas souffrir, ne paraissait pas s'étonner de sa situation ; elle l'observait, avec grand intérêt.

Oboko ne pouvait pas parler ; aucune pensée ne traversait son esprit. Il la regardait.

Cependant, l'éclat de ses yeux se ternit un instant. Elle fronça légèrement les sourcils, ses lèvres frémirent, comme si elle avait voulu dire quelque chose. Oboko ne cessa pas de la regarder : ses yeux retrouvèrent soudain leur étincelle vitale, leur attention lumineuse.

« Je ne suis pas morte », dit-elle d'une voix douce et émerveillée.

Leurs regards se croisèrent, comme deux créatures venues d'univers différents qui se voient pour la première fois. Enfin, un sourire subtil, ambigu – parce qu'elle vivait toujours ? parce qu'elle acceptait la présence d'Oboko ? – vint métamorphoser ses lèvres et son visage. Puis ses yeux, aussi brusquement qu'ils s'étaient ouverts, se fermèrent.

La lune, qui avait baigné la pièce de sa lumière miraculeuse, disparut à nouveau derrière les nuages. Oboko n'avait plus devant lui qu'une forme humaine à peine visible. Il replaça les vêtements pour bien protéger son cou du froid, et il ressentit une sorte de choc en touchant ses cheveux. Les longues mèches soyeuses se répandaient à l'infini tout autour de sa tête, de ses épaules, de ses bras. Oboko se sentit étrangement perturbé, comme si cette chevelure était vivante. Il plaça une dernière écharpe près de son cou et se releva.

Assez. Oui, assez. Tout indiquait qu'elle n'était pas blessée. Le feu, les couvertures la réchaufferaient. Il fallait la laisser dormir. Il se hâta de revenir à sa paillasse et s'enveloppa du mieux qu'il put dans sa cape. Assez. Avait-il oublié quelque chose ? Allongé sur le sol glacé, frissonnant, il avait le sentiment qu'une tâche restait à accomplir. Il resta immobile pendant deux minutes, sans qu'une seule pensée ne lui traverse l'esprit, puis il se redressa, alla prendre dans son baluchon encre, pinceau et papier. Il écrivit.

La tête, le corps
Meurent comme neige qui tombe.
Ses yeux s'ouvrent : vie !

Quelle tête ? Quel corps ? Mais il s'endormait déjà.

Chapitre II

Lo-Chi tombait de la montagne et Oboko sautait, se laissait glisser, dans l'espoir de la rattraper et de la sauver, mais son corps tombait en se tordant, dégringolait, et il ne pouvait pas l'atteindre, car, dans sa propre chute incontrôlée, il heurtait les rochers, il heurtait Lo-Chi en tombant, il essayait de la saisir, ses épaules donnaient violemment contre le roc, il tombait, il tombait, son épaule...

« Boko ! Boko ! »

Le visage surexcité d'Izzi apparut soudain devant Oboko ; sa main lui secouait l'épaule.

« Boko, Boko, disait-il, un miracle s'est produit ! Ou alors, je suis encore saoul, je ne sais pas. Mais viens voir, vite. »

Oboko, à demi assoupi, se redressa. Izzi le tirait par le bras pour l'entraîner vers le feu.

« Une femme, une superbe princesse, est apparue auprès du feu. Regarde ! »

Oboko se frottait les yeux et s'approchait en chancelant de son ami et de la femme endormie.

« Je ne vois rien, dit-il d'une voix ensommeillée.

— Mais enfin, regarde, regarde ! chuchota Izzi. Là ! Une femme, une chevelure de femme, un visage de femme. »

Oboko regarda Izzi d'un air stupéfait, puis se tourna vers la jeune inconnue. Heureusement qu'elle dormait encore, pensa-t-il. Il se demanda pourquoi il s'amusait à jouer cette étrange comédie.

« Izzi, mon ami, dit-il, je ne vois ici qu'un feu et un tas de couvertures. »

Izzi paraissait sidéré.

« Qu'un... qu'un feu ? » Il contemplait la belle femme endormie avec incrédulité. Il s'agenouilla auprès d'elle.

« Boko, ah ! Boko, dit-il en caressant son visage de sa main rondelette. J'ai cru un instant que j'étais mort cette nuit, que mon cœur avait cessé de battre, quand j'ai vu, à mon réveil... Je me suis demandé... J'étais persuadé que c'était un de ces anges des chrétiens. Si belle, si belle...

— Mais pourquoi fais-tu ces gestes étranges avec tes mains, Izzi ? demanda sèchement Oboko. Il faut aller chercher du bois. »

Izzi se tourna vers le moine, l'œil inquisiteur. Il se releva, tout en scrutant le visage d'Oboko dans l'espoir d'y découvrir un indice qu'il plaisantait, mais ce visage froid et serein ne trahissait rien. Oboko fit signe à Izzi de le suivre. Celui-ci regarda une fois derrière son épaule, tristement, comme lorsqu'on quitte un paysage particulièrement beau et que l'on ne reverra jamais. Ils se dirigèrent vers les salles intérieures à la recherche de bois. Dans le couloir, ils entendirent un petit cri venant de la pièce qu'ils venaient de quitter. Oboko pivota sur ses talons et se hâta de revenir. Izzi, arrivé avant lui, regardait, bouche bée, la jeune femme, yeux ouverts, vivante. Elle tenait devant elle la couverture d'Oboko.« Boko, petit coquin », s'écria Izzi tout en s'avançant joyeusement. Puis, s'adressant à l'inconnue : « Je vous souhaite un excellent retour à la réalité, belle dame. Je me nomme Izzi, je suis poète à la cour de Kyoto. Et voici Oboko, poète aérien. »

Mince, immobile, le visage froid, elle ne répondit pas. Son silence, son immobilité incitèrent Izzi à s'arrêter avant d'arriver jusqu'à elle.

« Je suis... je suis Tariku Matari, de Samika, dit-elle d'un ton hésitant.

— Et quel bon vent vous amène à visiter notre temple dans la montagne ? » demanda Izzi.

Pour la première fois, elle tourna son regard vers Oboko, comme la nuit précédente, avec la même intensité.

« Je... j'allais au sud, pour des vacances, dit-elle. Mes domestiques m'ont perdue de vue dans le blizzard. Je vous remercie de m'avoir sauvée.

— Ah, mais nous ne vous avons pas sauvée, dit Izzi, le Bouddha s'en est chargé pour nous. Que pouvons-nous faire pour vous ?

— Rien, merci, répondit-elle en serrant la couverture d'Oboko contre elle. Mais... je...

— Mais vous aimeriez pouvoir vous habiller, termina Izzi. Viens, Oboko, allons abattre une forêt pour faire un grand feu et réchauffer la dame. »

Ils retournèrent dans le couloir. Ce vieux temple, abandonné depuis plus de quarante ans, avait été presque entièrement construit en bois. Au fil des années, les voyageurs avaient utilisé cloisons, poutres et cadres de portes pour alimenter leurs feux. Toute la beauté de ces lieux avait été dévorée par les insectes humains, qui venaient, grignotaient l'édifice pour se réchauffer, et repartaient, laissant derrière eux une structure mise à nu comme un squelette et des fenêtres ouvertes comme des bouches qui avalaient le vent. Ces ravages avaient aussi atteint le grand hall, mais Oboko préférait prendre le bois uniquement dans les cellules du fond.

« Je suis bien content de constater que je n'avais pas rêvé, dit Izzi tandis qu'ils arrachaient des planches des cloisons.

— Parfois, la réalité est plus compliquée que les rêves, commenta Oboko en fronçant les sourcils.

— Rien à foutre », répliqua Izzi en souriant.

Dix minutes plus tard, ils revinrent dans la salle, les bras chargés de planches. La jeune femme leur tournait le dos et regardait en silence par la fenêtre. La neige continuait à tomber doucement à l'extérieur. De temps à autre, quelques flocons entraient paresseusement par la fenêtre et se posaient, comme de minuscules et éphémères bijoux, sur ses épais cheveux, qui lui tombaient jusqu'aux hanches. Elle avait mis ses bottes et portait une robe de coton bleue qui lui couvrait les chevilles. Elle frissonnait.

Elle se retourna quand elle entendit le fracas que fit Izzi en laissant tomber son bois sur les dalles. Elle semblait calme, confiante. Lorsque ses yeux se posèrent sur Oboko, il détourna le regard et s'approcha du feu pour s'occuper à l'entretenir. Avec son épée, il se mit à fendre les planches pour les débiter tandis qu'Izzi disposait la cape d'Oboko sur le sol, pour que Matari puisse s'y asseoir, et plaçait la couverture sur ses minces épaules. Elle s'assit, et il se mit à alimenter le feu avec les brindilles. Malgré toutes ces prévenances, elle resta silencieuse et ne répondit que très brièvement à ses courtoises questions. Après vingt minutes, Oboko eut fini de préparer le bois. Il alla chercher de la neige et en emplit son pot en terre cuite pour la faire fondre. Quand l'eau bouillirait, il y ferait infuser des feuilles de thé.

Cependant, la chaleur du feu dérangeait Oboko, comme s'ils avaient été trop nombreux dans la pièce, comme s'il était devenu impossible d'y respirer. Il n'avait pas soif.

« Je vais aller chercher un peu plus de bois », dit-il en se levant.

Izzi et Matari le regardèrent, le poète avec un grand sourire, la jeune femme avec un air sérieux, neutre. Oboko retourna dans le couloir glacé.

*

À son retour, vingt minutes plus tard, il traînait derrière lui deux morceaux de poutre de chêne de près de deux mètres de long. Izzi et Matari étaient toujours assis auprès du feu, mais ils avaient noué une conversation gaie et animée. La grande cape noire d'Izzi reposait sur les frêles épaules de Matari, et Izzi s'était enveloppé dans la couverture d'Oboko.

« Tu étais où, petit lépreux, cria-t-il, tandis que je m'occupais de ce magnifique feu ?

— Et que je préparais le petit déjeuner ? » ajouta Matari.

Oboko déposa ses deux énormes bûches le long du mur et mangea avec eux un repas composé de biscuits et de friandises - que Matari avait tirés d'un de ses sacs - et du thé d'Oboko, qu'elle et Izzi avaient déjà commencé à boire. Elle en remplit un bol de cuivre et l'offrit au moine. Leurs regards se croisèrent et elle lui sourit, du même sourire équivoque que la nuit précédente. Oboko fronça les sourcils, la remercia et but une petite gorgée du liquide bouillant.

« Dame Tariku appartient au grand et glorieux clan des Arishi, dit Izzi. Elle a épousé un des cousins.

— Quand il s'agit d'affronter un blizzard de printemps, toutes les familles sont égales », dit Oboko, puis il rougit de sa propre insolence. « Je vous demande pardon, ajouta-t-il immédiatement. Je ne connais pas du tout Samika. »

Matari le regarda attentivement, puis elle se détourna de lui.

« La famille Arishi est rongée de l'intérieur par la pourriture de l'honneur », dit-elle.

Il y eut un silence.

« Mais vous m'avez dit... j'ai entendu dire, s'écria Izzi, que c'est la famille la plus riche, la plus ancienne, la plus noble de Samika.

— C'est vrai, dit Matari. Ils sont pourris, et leur pourriture est riche, ancienne et noble, car, au bout du compte, l'honneur corrompt tout. »

Il y eut un nouveau silence : Oboko buvait son thé, Izzi tisonnait les braises. La jeune femme regardait froidement le mur au-delà du feu.

« Que voulez-vous dire au juste ? demanda finalement Oboko.

— J'en ai déjà trop dit, répondit Matari.

— Mais enfin... », marmonna Izzi comme s'il se parlait à lui-même. Puis, plus fort : « Mais enfin, tout semble indiquer qu'ils ont très bon goût, en tout cas quand ils choisissent une femme à épouser. »

Matari sourit poliment.

« Croyez-vous que le grand seigneur Arishi, demanda Izzi, me laissera composer des poèmes rendant hommage à la grande et antique pourriture de sa famille ? »

Le sourire de Matari disparut. Oboko buvait son thé. Tout en regardant le feu, il lui demanda :

« Que s'est-il passé ? »

Matari ne répondit pas.

« Elle allait à Lissa, dit Izzi, pour assister au festival des fleurs du printemps. Le blizzard l'a séparée de ses domestiques. »

« Votre mari était-il avec vous ? » demanda Oboko.

Elle continuait à regarder froidement le mur entre les deux hommes. Elle ne répondit pas, une fois de plus.

« Son mari allait la rejoindre plus tard, il... commença Izzi.

— Que s'est-il passé ? l'interrompit Oboko.

— Comment ça, "Que s'est-il passé" ? s'exclama Izzi, passablement irrité. Je viens de te le dire. »

Oboko regarda son compagnon, qui semblait furieux, puis Matari. Il essaya d'apaiser sa respiration.

« Une grande dame qui voyage avec son entourage ne porte pas elle-même ses vêtements et n'a pas d'argent sur elle. »

Izzi jeta un rapide coup d'œil à Matari, mais elle ne bougea pas, n'eut aucune réaction.

« Qu'est-ce que tu...

— Les domestiques d'une grande dame ne se sépareraient jamais de leur maîtresse, même si un effroyable blizzard s'abattait sur eux. »

Le vent était tombé, et les arbres, les volets, les murs étaient redevenus silencieux. Seul le feu chantait son petit refrain.

« Je veux vous aider », dit Oboko.

Matari se tourna vers lui et le regarda de ses yeux sérieux et froids.

« Je n'ai pas besoin d'aide », dit-elle.

« Elle n'a pas besoin d'aide », renchérit Izzi quelque peu agressivement.

Oboko soutint le regard de la jeune femme un moment, puis il se détourna.

« Nous avons tous besoin d'aide.

— Vous voulez vraiment m'aider ? demanda Matari.

— Oui.

— Alors, trouvez-moi une pièce où je pourrai être seule. »

Oboko scruta son visage dans l'espoir d'y déceler un message caché, mais elle ne laissa rien transparaître.

« Très bien », dit-il en se levant.

*

Tout au bout du couloir se trouvait la porte menant à la chambre du maître. Déjà invisible dans l'obscurité nocturne, elle était également cachée par des débris de bois et une grande dalle de pierre ayant autrefois fait partie d'un four. Oboko savait que la pièce avait été condamnée par superstition, car le dernier maître y avait trouvé la mort dans de funestes circonstances. Il déplaça quelques lattes de bois, se pencha pour passer sous la dalle. Une fois à l'intérieur, il se mit, par gestes brusques, à dégager la cheminée. Il essaya de couvrir de planches les battants de deux fenêtres. Il était de mauvaise humeur, mais ne savait pas pourquoi. Il aurait voulu que la neige cesse de tomber, afin de pouvoir repartir, arriver à Samika et aller voir maître Eno. Après une heure de travail, il dut revenir dans la pièce principale, car il avait besoin du couteau qui se trouvait dans son baluchon. Matari et Izzi étaient toujours assis auprès du feu et paraissaient très sérieux. Matari leva les yeux vers lui et le regarda gravement ; Izzi tisonnait les braises sans se retourner.

Quand il revint, plus tard, à l'heure du déjeuner, Matari était seule. Sans faire de bruit, il observa un instant la lueur des flammes qui dansaient doucement sur sa peau blanche. Elle regardait les flocons qui entraient paresseusement par la fenêtre. Par contraste avec le tissu grossier de la cape noire d'Izzi qui reposait encore sur ses épaules, celui de la sienne paraissait encore plus féminin et délicat. Elle sursauta quand Oboko fit un bruit en entrant dans la pièce et le regarda avec un air de terreur fugace qui se transforma en sourire poli.

« Que fait le grand poète Izzi ? demanda-t-il.

— Il est allé enterrer mon cheval », répondit-elle.

Elle ne souriait plus.

« Ah. Oui. Ce ne sera pas facile, par ce temps.

— C'était mon cheval, et il m'a sauvé la vie.

— Je vois. »

Quand Izzi revint, ils mangèrent - le second repas qu'ils prenaient ensemble tous les trois. Izzi et Matari dominaient la conversation, qui portait essentiellement sur la brillante vie de la cour de Samika et sur l'œuvre d'un célèbre poète qu'Oboko avait toujours détestée. De la pourriture des Arishi ou du mari de Matari, pas un mot ne fut dit.

En fin d'après-midi, Oboko fit un feu dans la cheminée de la chambre du maître, et Izzi et Matari allèrent s'y installer. Peut-être à cause de la douce chaleur, leur conversation devint plus animée. Les yeux marron de la jeune femme brillaient gaiement, et elle répondait du tac au tac, avec humour et vivacité, aux plaisanteries et aux poèmes d'Izzi.

Après le coucher du soleil, Oboko sortit pour aller voir le temps qu'il faisait ; à son retour, Matari chantait : sa voix, quand il l'entendit dans le couloir, avait quelque chose d'artificiel qui lui déplut. Il s'arrêta sur le seuil et la regarda : à genoux, le dos droit, les mains posées sur ses cuisses, menton levé, elle chantait en fixant le mur au-dessus de la tête d'Izzi, qui était allongé devant l'âtre. Quand elle eut fini, il applaudit bruyamment, et ses yeux brillaient comme s'il avait été ivre.

« Par l'extase du grand Bouddha, vous avez une voix magnifique ! s'exclama-t-il. Incroyable ! En vous entendant, les anges rougiraient de honte. »

Le regard d'Oboko croisa celui d'Izzi : ces yeux noirs se moquaient-ils ? de lui ? de Matari ? Tout à coup, Oboko décida de retourner dans la grande salle et de faire fondre de la neige pour se préparer un peu de thé.

CHAPITRE III

« Cette femme va nous causer des ennuis », chuchota tristement Izzi.

Matari dormait sur une paillasse placée devant la cheminée, où les restes du grand feu diffusaient encore un peu de chaleur. Izzi et Oboko étaient dans la grande salle. L'après-midi avait été plus doux, presque assez pour faire fondre la neige, mais les flocons, comme si la nature disposait de réserves infinies, permanentes, continuaient de tomber. Ils entraient par la fenêtre, comme de petits nuages, comme des rideaux blancs que le vent aurait soulevés de temps en temps. Oboko reprisait l'une de ses deux chemises, qui était déchirée. Izzi léchait mélancoliquement le goulot de la bouteille vide.

« Oui, des ennuis. Je m'y connais, ajouta-t-il en regardant Oboko et en se caressant la barbe avec le col de la bouteille. Elle nous aurait causé des ennuis même si elle n'avait pas appartenu au clan des Arishi, mais le cas étant, elle va nous apporter de grands malheurs. »

Il soupira.

« Je ne peux pas me permettre, reprit Izzi, de m'amuser avec la femme du cousin du seigneur Arishi. Pas si on ne me paie que six mille yens par année. »

Oboko cousait.

« Si elle était ma maîtresse, ce ne serait que larmes et ennuis, continua Izzi. Par le Bouddha, je suis persuadé qu'elle ne parlerait, entre chaque moment d'amour, que de la pourriture de la famille de son mari. »

Il se frotta le postérieur sur les dalles du plancher, une fois, deux fois, puis il cracha dans le feu.

« Tu sais... Je ne te l'ai pas encore dit, mais elle m'a révélé cet après-midi qu'elle s'était enfuie pour... pour échapper à son mari.

— Je m'en doutais bien, dit Oboko.

— Comment ça ?

— Les dames de la noblesse ne voyagent pas avec des objets qui valent une petite fortune. Du moins, pas sans la permission de leur mari.

— Elle a beaucoup d'argent sur elle ?

— Oui.

— Ah ! grand Bouddha ! elle va nous causer de grands, de très grands malheurs. Non seulement elle a fait des trucs avec un bellâtre de la cour, mais elle s'est fait prendre et, en plus, elle s'est enfuie avec une fortune dans ses sacoches. »

Il poussa un petit gémissement et regarda Oboko d'un air presque terrifié, en ajoutant :

« Par tous les démons de l'enfer ! Ils vont envoyer toute une armée à sa poursuite !

— Elle a vraiment dit : "faire des trucs" ?

— Mais non. Elle a dit, très exactement : “Un noble a été bienveillant envers moi, et mon mari est devenu violemment jaloux.”

— Et de cela, toi, tu as conclu qu’elle avait “fait des trucs” ?

— Naturellement.

— Enfin, ce n’est pas si terrible. Contre toute une armée, ce sera vite fini. »

Izzi poussa un nouveau gémissement.

« Ils vont peut-être venir dès ce soir, dit-il. Cette bouteille est peut-être la dernière que je tiendrai dans mes mains, et elle est vide !

— Tant que ce blizzard fait rage, personne ne partira de Samika pour venir jusqu’ici.

— Et quand il ne neigera plus ?

— Quand il ne neigera plus, nous ferons nos adieux à la belle Matari, et nous irons rejoindre la ville. »

Les deux hommes se regardèrent.

Izzi soupira.

« Elle est si jolie... Une dentition parfaite ! et ces yeux ! s’exclama-t-il en souriant. Allons, Boko. Point de pudibonderie. Essayons tous les deux de la séduire. Nous écrirons des poèmes qui se répondent. »

Oboko regardait Izzi ; son visage ne trahissait aucune expression.

« Et qui écrira le premier poème ? »

Izzi éclata de rire.

« Laissons faire le hasard », dit-il.

Oboko ne sourit pas. Il se retourna vers le feu.

« Mais elle n’a pas de poitrine, dit Izzi, à nouveau mélancolique. Je suis sûr qu’elle n’a pas de poitrine. »

Il coucha la bouteille sur le plancher, et la poussa loin de lui en la faisant rouler.

« Pas de poitrine, cause de grands malheurs, et pourrait me faire perdre six mille yens, grogna-t-il en se remettant debout. Rien de mieux pour me donner envie de rester chaste. Je retourne dormir dans ma cellule du fond. Et toi ?

— Je vais rester ici. J'aime entendre et écouter le vent. »

Izzi regarda Oboko d'un air sombre puis, après un instant, il eut un petit sourire diabolique.

« Que la douceur du printemps réchauffe tes rêves », dit-il.

Oboko lui rendit son sourire.

« Que la sueur de l'été emplisse les tiens.

— Peu probable », dit Izzi.

Après le départ du poète, Oboko lava la vaisselle avec de la neige fondue, puis il la plaça près du feu pour la faire sécher. S'étant servi de la chemise qu'il portait pour essuyer les plats, il était torse nu : les muscles de sa poitrine, de ses bras, de son ventre brillaient à la lueur des flammes, comme une statue de bronze enduite d'huile. Il mit son autre chemise, celle qu'il avait reprisée, posa sur ses épaules sa cape brune. Autour de son cou, il portait, comme toujours, le petit pendentif en bois représentant le Bouddha. Il replia ses jambes pour se mettre dans la position du lotus et, pendant quinze minutes, il s'efforça de faire taire en son esprit les rumeurs de l'univers. Il fixa toute son attention sur le feu, essaya de traverser l'espace sur le tapis rouge des braises, quand, soudain, les flammes disparurent ; puis apparut l'image d'Izzi et de Matari allongés côte à côte et riant ensemble. Il émit un petit grognement et tenta de ramener son attention sur le feu, mais en vain.

Incapable de méditer, il se leva et se prépara à dormir. Il arrangea son lit, plaça sa chemise mouillée près des braises qui chauffaient encore, puis, appuyé sur un coude, il prit son pinceau pour écrire. Le poème lui vint rapidement, il l'écrivit sans réfléchir et sans hésiter.

Le feu brûle, brûle,
Et l'amer froid de ma chambre
Ne résiste pas.

Avant même d'avoir pu tirer la couverture jusqu'à son cou, il dormait.

Chapitre IV

Au matin, un bruit qu'il ne put identifier le réveilla. Il leva la tête : le large dos d'Izzi obscurcissait la fenêtre. Le feu était éteint, il faisait très froid. Un sentiment de peur résonna en Oboko comme un coup de tonnerre : pour quelle raison, il n'aurait pas su le dire.

« Ça semble se dégager », dit Izzi.

Oboko se leva, se frottant les mains sous sa cape pour les réchauffer. Il alla se placer à côté d'Izzi pour regarder par la fenêtre. Quelques légers flocons tombaient encore, mais le ciel semblait moins sombre qu'il ne l'avait été au cours des jours précédents. Au loin, sur une saillie de la montagne, on apercevait même un rayon de soleil qui éclairait les arbres. La neige qui couvrait le sol, le toit des dépendances et le vert serein des sapins donnait l'impression qu'une armée de cristal se reposait après une longue marche. Le froid était plus mordant, mais le vent avait cessé de souffler ; parfois, le soleil perçait au travers des nuages et, alors, des étincelles parcouraient les étendues blanches.

« Nous allons pouvoir repartir, remarqua Oboko.

— Je ne crois pas, rétorqua Izzi.

— Le ciel devrait se dégager, du moins assez longtemps pour que nous puissions redescendre dans la vallée et rejoindre Samika, dit Oboko mécaniquement. Même sans chevaux, nous y serons en huit ou dix heures à peine.

— Il faut au moins deux jours pour remonter jusqu'au col et atteindre le prochain refuge.

— Qui va remonter jusqu'au col ?

— Nous, dit Izzi.

— Nous venons tout juste de le traverser.

— Je souhaite revoir ces paysages grandioses. »

Les deux hommes, côte à côte, regardaient la neige par la fenêtre, sans parler, la buée de leur respiration se répandant devant eux à intervalles réguliers.

« Ils la pourchassent, dit rudement Izzi. Et ses poursuivants vont venir de Samika. Notre devoir nous impose de la sauver.

— Ah bon ? » demanda Oboko en mettant intentionnellement dans sa voix une innocence enfantine.

Il aimait et détestait à la fois Izzi parce que celui-ci voulait aider Matari.

« On pourrait tout aussi bien dire que notre devoir nous impose de la livrer à son mari, dit Izzi. Mais nous sommes des poètes.

— Tu es un poète qui risque de perdre une année entière d'or et d'honneurs de la part de la grande famille Arishi.

— L'or et les honneurs ne sont rien, seule compte la beauté de ses yeux, répliqua gravement Izzi.

— Mais elle n'a même pas de poitrine », déclara solennellement Oboko.

Mais dès que ses paroles se dissipèrent dans l'air glacial, il regretta de les avoir prononcées.

Izzi resta silencieux un moment, puis il se tourna pour retourner auprès du feu.

« Nous devons bien nous nourrir, dit-il. Il faut préparer assez de victuailles pour faire tout le voyage, si le temps se dégage et si nous osons repasser le col.

— Matari dort-elle encore ? » demanda doucement Oboko, qui était toujours à la fenêtre.

Il entendait, derrière lui, Izzi qui s'affairait dans un des sacs.

« Elle est réveillée. Je lui ai dit que nous prendrions le petit déjeuner dans une demi-heure.

— Des biscuits et du thé ?

— Je vais sortir pour aller dépecer ce satané cheval. Il me faut de la viande.

— Mais je croyais que Matari t'avait demandé d'enterrer son cheval. »

Les deux hommes, au même moment, se retournèrent et se regardèrent pour la première fois ce matin-là.

« Si je l'avais enterré, dit Izzi, ses yeux noirs, son visage barbu parfaitement inexpressifs, j'aurais tout aussi bien pu nous enterrer tous les trois par la même occasion. Où est la hache ? »

Oboko remit la hache à Izzi, qui sortit pour aller découper ce qui serait leur petit déjeuner. Il ramassa quelques bouts de bois et une bûche, et s'occupa du feu. Matari entra dans la pièce tandis qu'il essayait de ranimer la flamme sous la bûche.

Elle ne portait pas une de ces épaisses et lourdes capes d'hiver, mais, étonnamment, une magnifique robe de soie, blanche comme la première, comme si elle se présentait au banquet précédant un bal.

« Bonjour, Oboko, dit-elle en souriant.

— Bonjour. Vous n'avez pas froid ?

— Si, j'ai très froid. Je suis venue pour profiter de la chaleur du feu. »

Oboko étendit une couverture sur le sol, et Matari s'y agenouilla gracieusement. Elle tourna son regard attentif et serein vers lui, esquissa son petit sourire équivoque, puis, d'un même mouvement, abaissa ses cils noirs et fit face au feu pour en accepter la chaleur sur son visage. Oboko avait reçu ce regard en frémissant, comme une gifle. Il feignit de s'occuper à ajouter des branches au feu.

« Izzi m'a dit, commença-t-il enfin, que des gens venus de Samika vous pourchassaient. Pourquoi ? »

Il avait posé cette question après une longue hésitation, puis l'avait presque criée, comme s'il avait voulu s'en débarrasser.

Il se rendit compte que son corps tout entier était tendu, et il se dit qu'il devrait essayer de mieux contrôler sa respiration.

« Mon mari, le seigneur Tariku, croit que son honneur lui impose de me tuer. »

Oboko hésita encore quelques secondes avant de répéter sa question, puis il la posa, presque prudemment, comme s'il ne voulait pas s'attirer d'ennuis :

« Pourquoi ?

— Un noble de la cour a fait preuve de bienveillance envers moi, répondit-elle doucement, et mon mari est devenu violemment jaloux. »

Les mots résonnèrent en lui. Il ne put réprimer un sourire désolé.

« Et il n'y avait personne à la cour, reprit-il sans cesser de regarder le feu, pour oser prendre votre défense ? »

Chaque fois qu'elle prenait la parole, la voix de Matari se faisait de plus en plus douce.

« Ils ont été nombreux à vouloir prendre ma défense.

— Mais leurs efforts n'ont pas pu influencer votre mari ?

— Mon mari est une montagne. On n'influence pas une montagne.

— Il va vous tuer ?

— Oui. Un courtisan m'a prévenue. Je me suis enfuie avec mes deux serviteurs les plus fidèles. Mais... »

Le feu siffla, car la neige qui se trouvait sur une des bûches fondait et l'eau coulait sur les braises.

« Nous nous sommes perdus dans la tempête et je... je me suis retrouvée seule, et puis... »

Sa voix s'éteignit. Elle murmura alors, tout à fait distinctement :

« Et puis vous m'avez sauvée. »

Les mains d'Oboko reposaient oisivement sur ses cuisses. Il regardait le feu, car il n'osait pas tourner la tête et la regarder.

« N'y avait-il pas un seul honnête homme pour vous aider à vous enfuir ? »

Il sentit la jeune femme se raidir à côté de lui.

« Il y en a eu plusieurs », répondit Matari, et, pour la première fois, une froideur hostile durcissait sa voix. « Mais je ne me permettrais jamais de souiller l'honneur de mon mari en fuyant avec l'aide d'un autre gentilhomme. »

Cette réponse était si inattendue qu'Oboko, malgré lui, se tourna vers elle. Matari le regardait avec son attentive sérénité, qui ressemblait à s'y méprendre à du mépris.

« Et un gentilhomme a-t-il fait preuve de bienveillance envers vous hier soir ? » demanda Oboko, presque malgré lui.

Le visage de Matari resta froid un moment, puis, étonnamment, s'adoucit.

« Que vous êtes stupide », soupira-t-elle.

Elle le regardait dans les yeux, comme si elle cherchait la source de cette stupidité, lorsqu'une soudaine bouffée de colère la fit rougir.

« Et vous êtes très grossier », ajouta-t-elle.

Ses lèvres frémissaient. Elle cessa de le regarder et se détourna complètement de lui.

Tout à coup, la porte du temple s'ouvrit bruyamment.

« J'apporte le salut ! » cria Izzi.

Il entra avec fracas, en portant sur sa poitrine un objet lourd, qui ne pouvait être qu'un énorme morceau provenant de la carcasse gelée du cheval de Matari.

Oboko le regarda marteler le sol de ses pieds en s'approchant du feu, et de Matari qui, tête baissée, lui tournait le dos. Elle se redressa et lui fit lentement face.

« Mais… mais que portez-vous ? » s'écria-t-il quand elle remarqua son fardeau.

Izzi était tout près d'elle et la regardait gravement.

« Madame, dit-il d'une voix enrouée, nous allons bientôt devoir entreprendre un long et périlleux voyage, vers le sud et par le col de Kybo. Il est impératif que nous ayons tous les forces suffisantes pour...

— Aaah ! »

Le cri de Matari était étonnamment rauque et presque masculin. Elle se leva d'un bond et gifla Izzi avec une force incroyable avant de dévaler le petit escalier et de sortir de la salle. Elle pleurait.

Izzi affectait toujours la même mine grave. Il regarda Oboko. La rougeur qui envahissait sa joue se voyait même au travers de son épaisse barbe noire.

« Que des ennuis, soupira-t-il en laissant tomber sa pièce de viande sur le sol à côté du feu. Je l'ai su dès que je l'ai vue ouvrir les yeux. »

Il tira son sabre, le leva très haut et l'enfonça dans la chair du cheval.

« Et en plus, ajouta-t-il, pas une goutte de saké pour atténuer la douleur. »

Le sabre s'était enfoncé de quinze bons centimètres dans ce qui était sans doute, pensait Oboko, la cuisse du cheval. Izzi souleva l'énorme morceau et le plaça au-dessus des flammes.

.« Mais je le jure par les couilles du grand Bouddha, dit-il encore, je ne lèverai pas le petit doigt pour aider une dame en détresse si je n'ai pas d'abord un peu de viande à manger. »

Oboko commença à rire, doucement, puis, l'hilarité bouillonnant en lui, de plus en plus fort, jusqu'à ce que son corps tout entier tremble et que ses yeux s'emplissent de larmes.

« Elle ne viendra pas avec nous, de toute façon, dit-il quand l'envie de rire lui passa enfin.

— Et pourquoi pas ? » demanda Izzi qui regardait, yeux écarquillés, l'énorme gigot qui grésillait. La graisse fondait, le sang coulait, faisant crépiter le feu.

« Elle m'a dit qu'elle ne voudrait pas déshonorer son mari en permettant à un gentilhomme de l'aider à s'enfuir.

— Si ce n'est que ça, dit Izzi sans même se tourner vers Oboko. Nous ne sommes pas des nobles ou des gentilshommes. Nous sommes des poètes.

— Et alors ?

— Et alors, il existe une très ancienne et très riche tradition, chez nos aristocrates, de considérer que les poètes, comme tous les autres serviteurs, n'ont aucune importance. »

Chapitre V

« Que ferez-vous si les hommes de mon mari viennent nous tuer ? » demanda Matari à Oboko.

Depuis près d'une demi-heure, ils étaient assis devant la cheminée, sans parler. Toute la journée, la neige avait cherché à les provoquer. D'abord, quelques légers flocons étaient tombés, puis plus rien. Ils s'étaient donc préparés à partir vers le sud, vers le col, mais la neige avait recommencé de plus belle, avant de tomber de plus en plus légèrement. Ils recommencèrent donc à parler de se mettre en route, puisqu'il ne tombait plus que quelques petits flocons capricieux, et la neige reprit une fois de plus. Comme le temps tendait à se dégager, et que Samika était à peine à un jour de cheval du temple, Oboko et Izzi décidèrent que l'un d'entre eux devrait toujours monter la garde à une centaine de mètres en aval, sur une saillie d'où l'on pouvait bien voir le sentier qui montait. Dès midi, ils avaient passé chacun deux heures exposé au froid, au vent et à la neige, à fixer continûment le sentier de roc nu qui serpentait entre les arbres.

« Je ne sais pas, répondit enfin Oboko, après une longue pause. Je ne sais pas exactement pourquoi votre mari croit qu'il peut vous assassiner à bon droit. »

Matari repoussa une mèche de cheveux qui lui tombait sur les yeux. Elle le regardait sévèrement.

« Vous ne savez rien, mais vous me jugez et vous me condamnez.

— Je ne sais rien, donc je ne juge pas.

— Je vais tout vous dire », dit-elle.

Elle avait été assise toute droite, mais elle appuya son dos contre le mur et soupira.

« Je vais tout vous dire », répéta-t-elle.

De nouveau, elle repoussa sa mèche de cheveux, puis elle leva le visage et fixa son regard sur les vieilles poutres au plafond, à l'autre bout de la pièce.

« La cour d'Arishi, reprit-elle, à laquelle appartient mon mari, est la plus ancienne et la plus riche de Samika et du royaume de Ryukyu. Pour une femme, c'est forcément une prison dorée. »

Elle fit une pause, mais constatant qu'Oboko la regardait et ne disait rien, elle continua :

« L'épouse d'un noble du clan des Arishi, même s'il s'agit d'un cousin éloigné du seigneur, ne vit que pour faire honneur à son mari et le louanger. Cela est vrai partout, bien sûr, mais dans les petites cours, où l'on est moins exigeant, les femmes bénéficient d'un peu plus de liberté. Une femme appartenant à la cour des Ikkosammi, à Nugisuko, par exemple, c'est-à-dire appartenant à une cour qui n'a aucune importance, peut faire ce qui est interdit à une dame de la cour des Arishi. »

Elle parlait avec le ton et l'expression d'un professeur qui donne une leçon d'histoire. Oboko remarqua qu'elle ne portait plus ni ses boucles d'oreilles ni son collier. De temps en temps, elle s'emmitouflait dans sa cape rouge, comme si elle avait froid.

« De naissance, j'appartiens au clan des Iridu. On m'a appris la danse, la calligraphie, le chant, on m'a enseigné les règles de l'habillement, et à monter à cheval, et à faire tant d'autres choses que seules les femmes les plus talentueuses peuvent faire. Mais quand je me suis mariée, je ne pouvais plus danser, écrire, chanter ou monter à cheval – sauf pour mon mari. Pour mon seigneur. »

Elle cessa un moment de parler. Elle reprit sa position précédente, le dos bien droit, et regarda Oboko avec des yeux emplis de colère.

« Vous ne savez pas ce que c'est, la prison. Vous ne savez pas ce que c'est que de passer toute sa vie entourée d'êtres puérils et sots – les autres femmes –, et de faire la rencontre, pas plus d'une fois ou deux par semaine, pendant les cérémonies de cour ou les spectacles, d'hommes intelligents, d'hommes de talent, d'esprit, de poésie. Je pouvais profiter de leur intelligence, égaler leur talent et leur esprit, je pouvais apprécier leurs poèmes. Mais dès que prenait fin l'occasion qui avait permis ces rencontres, l'enthousiasme et l'ardeur disparaissaient immédiatement. Et même dans ces circonstances, on me reprochait... mes audaces. Traditionnellement, l'épouse d'un Arishi ne doit s'efforcer de se surpasser que dans deux domaines : la beauté et le silence. Si vous avez un talent pour la poésie, ou pour le chant, les bons mots, ou toute autre chose, vous devez le réserver aux moments où vous êtes seule avec votre mari. Quand il vous en laisse le temps, entre deux longues descriptions de ses plus grands triomphes militaires. »

Elle se tut. Après quelques secondes, Oboko dit :

« Vous décrivez le monde tel qu'il est. »

Elle lui jeta un coup d'œil et eut un petit rire moqueur.

« Oui, je décris le monde tel qu'il est. Ce monde qui m'apprend à maîtriser une dizaine d'arts pour qu'un homme daigne m'honorer de sa faveur ; et qui, une fois cette faveur obtenue, m'oblige à me cacher derrière une façade de modestie et me condamne au silence.

— Ainsi va le monde », répéta Oboko.

Matari appuyait sa tête sur le mur. Elle regardait à l'autre bout de la pièce, et des larmes semblaient scintiller dans ses yeux.

« Si je m'étais contentée de me parer de colifichets, j'aurais pu vivre longtemps. Mais j'ai chanté devant un autre seigneur, et pour cela, je vais devoir mourir. »

Oboko hésita, puis il dit :

« Le chant est aussi un moyen de séduction.

— Je refuse de me taire », affirma-t-elle de sa voix pourtant si douce.

Un coup de vent fit trembler la porte, et ils se retournèrent pour voir si c'était Izzi qui revenait.

« Est-ce que votre mari ne peut pas comprendre ? » demanda Oboko après un moment de silence.

Matari manipulait distraitement des mèches de ses longs cheveux qui tombaient jusque sur ses cuisses.

« Avez-vous déjà fait la connaissance du seigneur Arishi ?

— Non. Mais pourquoi me parlez-vous de lui ?

— Le seigneur Arishi est un homme orgueilleux. Il est persuadé que sa cour est la plus splendide de l'empire. Il excelle en toutes choses : l'équitation, le tir à l'arc, le maniement de l'épée... Lors du dernier conflit militaire, il a tué de sa propre main... beaucoup d'hommes. Il est persuadé que sa femme est la plus belle et la plus docile. Vous... vous n'avez pas entendu parler d'elle ? »

Oboko secoua la tête.

« Sa cour doit absolument être la plus splendide, reprit Matari. Les femmes de ses parents doivent être les meilleures. Qu'un seul membre de sa famille, ou que l'épouse d'un membre de sa famille faillisse, cela représente pour lui une insulte personnelle.

— C'est sa colère, et non celle de votre mari, qui vous menace ?

— Il n'y a pas de différence. Tous les Arishi sont les mêmes. Mon mari est un nain, si l'on ose le comparer au seigneur Arishi. Et quand le seigneur fronce les sourcils, mon mari assassine.

— Parce que vous avez chanté, compléta-t-il doucement.

— Oboko, je ne veux pas mourir, dit Matari avec une passion soudaine.

— Je comprends », répondit calmement Oboko.

Elle voulait être libre alors que cette liberté lui était justement interdite par la tradition, mais il n'avait pas le sentiment d'avoir le droit de porter un jugement. Le silence s'installa, et ils écoutèrent ensemble le vent hurler en s'engouffrant dans les fissures des murs du temple, ils regardèrent la neige entrer brusquement par la fente d'une fenêtre qu'Oboko avait essayé de colmater avec des planches et s'accumuler lentement sur le plancher.

« Et pour cela, rien que pour cela, il arrive, il arrive, soupira Matari. En cet instant même, il est en route. »

L'observant de près, Oboko nota pour la première fois de l'après-midi que Matari, sous ses airs frondeurs, avait peur. Les mains qui maniaient la mèche de cheveux étaient si tendues qu'elles la pétrissaient pratiquement.

« Comment sauront-ils que vous êtes venue par ici ? demanda-t-il doucement.

— Je suis partie avec deux servantes, répondit-elle lentement, sans le regarder. Quand la tempête s'est élevée, nous avions à peine commencé l'ascension de la montagne. Je savais que nous risquions de nous perdre dans le blizzard, alors je leur ai ordonné de rentrer à Samika.

— Je vois », dit Oboko.

Il scruta son visage, croyant y déceler de l'orgueil, mais il ne vit que l'esquisse d'un sourire, comme si un souvenir l'avait vaguement amusée.

« Et vous avez continué... seule ?

— Oui. Je sais monter à cheval. Elles, elles n'étaient que des femmes.

— Je vois.

— Je connaissais l'existence de ce temple, je savais que mon cheval pourrait le trouver », dit-elle, retrouvant brièvement son air insolent. Puis elle ajouta doucement : « Et s'il ne le retrouvait pas, j'aurais été heureuse de m'abandonner aux éléments.

— Et vous croyez que vos servantes auront avoué à votre mari où vous étiez allée ?

— Cela n'a aucune importance. Elles auront laissé des traces de pas dans la neige.

— Nous aurons donc bientôt de la visite ? »

Matari se tourna lentement vers lui.

« Et vous, Oboko ? demanda-t-elle. Que fuyez-vous ? »

Il rougit.

« Je ne fuis pas, répondit-il. Je me rendais en pèlerinage au temple où réside Eno, mon maître.

— Vous êtes un disciple de maître Eno ? »

Elle se tourna entièrement vers lui, tira ses jambes sous les pans de sa longue robe pour s'asseoir en tailleur.

« Oui.

— C'est un homme très sage, plein d'esprit », dit Matari.

Elle se pencha en avant et tendit ses mains vers le feu pour les réchauffer.

« Mais ses disciples m'ont toujours semblé plutôt ennuyeux, ajouta-t-elle.

— Son but n'est pas de faire de nous des bouffons de cour, remarqua Oboko.

— Non, certes, dit-elle en le regardant sérieusement, silencieusement.

— Et êtes-vous, Oboko, un grand poète, comme Izzi ?

— Non, dit-il. Je ne suis certainement pas un grand poète comme Izzi.

— Cependant il affirme que si, même si je n'avais jamais entendu parler de vous.

— Izzi sème ses poèmes dans les livres et dans les lettres qu'il écrit aux grands de ce monde. Je sème mes poèmes au gré du vent.

— Si vous êtes poète, il vous faut trouver un public.

— Non, dit Oboko. Je sème, mais il ne m'intéresse pas de savoir où germeront mes graines.

— Vraiment ? dit Matari en rejetant ses cheveux derrière son épaule et en lui adressant un sourire moqueur. Quel enfant romantique vous faites !

— Merci, dit Oboko en rougissant à nouveau.

— Je suppose que votre indifférence au succès est un signe de votre détachement ? »

Oboko, que ce sujet mettait mal à l'aise, comme s'il était impossible de répondre correctement à cette question, dit simplement :

« Oui, je suppose.

— Et vous avez la conviction que vous devez parvenir à maîtriser toutes vos émotions ? » demanda-t-elle encore avec son habituel sourire équivoque.

Oboko hésita longtemps, parce qu'il se revoyait en esprit au chevet de Lo-Chi : lui, serein et glacial ; elle, mourante et enragée, entourée de sa colère, de son chagrin, de sa frustration,immobile et roide. Il se souvint qu'elle était devenue de pierre au cours du dernier mois de sa vie. Parce qu'il connaissait les paraboles des soutras, il savait qu'une apparence lapidaire ne signifiait en rien un parfait détachement. Il se souvint qu'il devait contrôler sa respiration. Il essaya de ne se souvenir de rien.

« Non, répondit-il enfin. Il ne s'agit pas de contrôler ses émotions ou de les réprimer. Il s'agit de ne plus avoir de soi.

— Oh ! vous, les bouddhistes sérieux ! s'exclama Matari sans cesser de sourire. Éternellement occupés à vous libérer de votre "soi", perpétuellement en quête de détachement et de contrôle.

— Et alors ? dit Oboko.

— Rien n'est plus détaché, de mieux contrôlé qu'un cadavre. Un cadavre n'a pas de soi.

— Ce n'est pas la même chose.

— Quand je vois certains disciples d'Eno, je n'en suis pas si convaincue », dit Matari en riant.

Oboko aussi sourit, même s'il savait que la jeune femme se moquait au moins en partie de lui. Il se vit en cadavre, et en éprouva une grande tristesse. Il savait qu'il y avait plus de détachement dans l'étincelle malicieuse des yeux de Matari que dans sa propre respiration rigidement contrainte.

« C'est étrange, dit-il. La société exige des femmes un plus grand contrôle que des hommes - à l'exception des moines.

— Je sais, dit Matari, retrouvant son sérieux. C'est peut-être pour cette raison que vos efforts pour vous contrôler ne m'enthousiasment guère.

— Je n'essaie pas de me contrôler, répliqua-t-il en lui adressant un sourire. Je ne le peux pas. Nous... Je... je m'efforce de prendre conscience de l'unité absolue de tout, de l'insignifiance de toute chose individuelle, et donc de mettre fin au besoin de contrôle.

— Matari sera toujours Matari ; Oboko sera toujours Oboko.

— Nous sommes un tout, répliqua-t-il.

— Vraiment ? »

Elle le regarda dans les yeux, avec un air railleur qui le fit rougir et lui fit détourner le visage.

« Du point de vue philosophique, ajouta-t-il.

— Ce qui explique pourquoi la philosophie me semble souvent si inintéressante, dit Matari. Mais votre maître Eno s'y empêtre beaucoup moins que ses disciples.

— Maître Eno a su se libérer de tout, remarqua Oboko.

— Il semble savoir, contrairement à ses moines, reprit-elle, les yeux brillants de gaieté ou de malice, que se purifier l'esprit ou se détacher du monde n'a rien à voir avec la volonté, le contrôle ou l'insignifiance d'une chose individuelle.

— Je n'en suis pas si sûr, dit Oboko en fronçant les sourcils.

— On raconte, continua-t-elle, qu'un jour, un moine très sérieux et d'une fervente piété est allé voir maître Eno et lui a demandé : "Maître, j'ai un problème insurmontable. Lorsque j'essaie de méditer, je suis continuellement distrait par mon désir de faire l'amour à toutes les femmes que je rencontre." »

Elle fit une pause, sourit, et reprit :

« "En effet, a répondu maître Eno, cela est un grave problème, et je ne vois qu'une seule solution. — Laquelle ? a demandé le moine. — Vous devez faire l'amour à toutes les femmes que vous rencontrez", a répondu le maître. Le moine a voulu protester : "Mais enfin, maître...", mais Eno l'a interrompu :

“Assurez-vous seulement de ne pas être distrait par votre désir de méditer.” »

Ayant conclu sa petite parabole, Matari sourit à Oboko, qui éclata de rire.

« Oui, très bien, dit-il. Et vous avez raison : le sage ne se laisse pas déranger par la tempête, non parce qu'il est solide comme le roc, mais parce qu'il se laisse emporter par le vent. »

Matari, sans cesser de sourire, hocha lentement la tête, ses grands yeux fixés sur lui.

« Ah ! mais Oboko, dit-elle, ce n'est pas du tout ce que dit la parabole. Il n'y est pas question de tempête, mais du désir des femmes.

— Cela revient au même », dit Oboko.

Elle eut un rire approbateur.

« Vous êtes en effet le poète des vents, dit-elle, et je ne vous ai même pas encore entendu réciter un seul poème. J'espère que la brise est bonne. »

Oboko scruta son visage et vit qu'elle avait retrouvé son expression attentive et sérieuse.

« Non, dit-il.

— Je vous en prie, récitez-moi un poème. »

Le vent qui entrait par la fenêtre souffla la fumée du feu dans leurs visages. Ils se détournèrent pour s'en protéger. Matari toussa. Savoir qu'elle voulait entendre un de ses poèmes faisait plaisir à Oboko, mais il craignait aussi un peu que ses textes lui paraissent trop « monacaux ».

« Quel type de poème ? demanda-t-il.

— Je ne sais pas. Laissez le vent vous guider. »

Oboko regarda le feu un moment. Un poème en particulier lui vint à l'esprit, il ne savait pourquoi.

Feuille nervurée,
Sèche, cassante, affaiblie
Par le frais automne,
Relâche sa frêle branche,
Tombe sur le sol gelé

Et meurt ! Je la piétine, l'entendez-vous pleurer ?

Ayant fini, il se tourna vers elle, et ils se regardèrent longuement.

« Oui, dit-elle doucement. Oui, je l'ai entendue.

— Mais pourquoi une feuille pleurerait-elle ? demanda Oboko. Le bourgeon, la fleur, la plante qui se flétrit à l'automne, la mort, tout cela appartient au même mouvement.

— Et pourtant, dit Matari pensivement, mouvement ou non, quand nous mourons, nous pleurons, ou nous crions. »

Oboko ne répondit pas.

« Très joli poème, dit enfin Matari, le visage levé vers lui. J'aimerais beaucoup en entendre un autre. »

Il sourit.

« Parfois, dit-il en riant, il m'arrive d'atteindre un état d'éveil total et complet. Et puis, je ne sais pourquoi, le lendemain ou la semaine suivante, cela m'échappe. Or, pendant les moments d'éveil, je... eh bien, le "je" disparaît et... Une fois, j'ai écrit un poème à ce sujet. »

Les yeux sur le feu, il récita :

La lune toujours
Reste lune, la fleur est fleur,
Mon esprit pourtant,
Qui ne change pas, frémit
Sur l'eau et frissonne au vent.

Il sentait le regard de Matari sur lui, mais rien ne lui permettait de deviner si le poème lui avait plu ou déplu. Puis il se souvint qu'il fallait penser que cela n'avait aucune importance.

« Vous êtes..., dit-elle doucement. Ce poème était magnifique. »

Étincelant de plaisir, Oboko se redressa, sans cesser de regarder fixement le feu, mais avec une orgueilleuse dignité.

« Pourquoi, Oboko, demanda-t-elle doucement et sur un ton hésitant, pourquoi m'évitez-vous depuis... depuis que vous m'avez sauvée ? »

La question surprit Oboko. Incapable de la regarder, il se leva. Ses genoux, après les longs voyages de ces derniers jours, lui faisaient un peu mal. Il marcha jusqu'à la fenêtre et regarda le temps qu'il faisait par l'une des fentes entre les planches : seuls quelques rares flocons tombaient encore.

« Je vous évitais, dit-il d'une voix basse, toujours sans se tourner vers elle, parce qu'une part de moi a peur de vous. »

Il pivota lentement sur lui-même pour lui faire face. Elle lui rendit chaleureusement son regard, puis elle fronça les sourcils et se détourna.

« C'était une question idiote, dit-elle. Pardonnez-moi.

— Une part de moi..., commença Oboko.

— Non, je vous en prie, l'interrompit-elle, parlons d'autre chose. Parlons, tenez... de mon chant. »

Il voyait bien qu'elle voulait ramener la conversation à des sujets moins personnels, et il était conscient du fait que cela lui donnait un sentiment de soulagement.

« Je ne vous ai jamais entendue chanter, pas vraiment », dit Oboko.

Matari, penchée en avant, tisonnait le feu avec un bout de bois.

« Il n'est pas facile de faire apprécier aux moines bouddhistes le chant traditionnel de notre île, murmura-t-elle. Nous sommes romantiques, et vous êtes austères. Nous sommes imprécis, et vous préférez le concret. Vous pensez que nous ne voyons pas la réalité, mais je crois, moi, que vous ne voyez pas la vie. »

En disant cette dernière phrase, elle avait levé les yeux vers lui et lui avait souri doucement.

« La vie n'est-elle pas partout ? demanda simplement Oboko.

— Elle ne se trouve pas là où il y a du roc, là où il y a une autorité rigide, là où il n'y a pas de cœur.

— Tout est vie.

— C'est ce que votre raison vous dit, dit-elle avec un regard appuyé, mais votre cœur, vos sentiments, votre passion sont aveugles.

— La passion ne m'intéresse pas, parce qu'on y trouve que confusion et tourment, dit-il, debout, rigide, devant elle. Sinon, je ne serais pas Oboko.

— Et alors ? L'univers cesserait d'exister ? »

Il éclata d'un rire soudain, hocha la tête pour déplorer sa propre froideur.

« Non, certes, répondit-il en souriant. Mais Oboko, peut-être. Oboko se laisse emporter par le vent, mais quand le vent est trop fort, il est difficile de ne pas se faire malmener. »

Matari lui rendit son sourire.

« La moindre bouffée, murmura-t-elle, suffirait à vous renverser.

— Je pourrais me laisser emporter par un typhon sans même être décoiffé, dit Oboko, se moquant à demi de lui-même.

— Nous verrons, dit Matari.

— Ah bon ? »

Oboko se mit à faire les cent pas dans la petite pièce.

« Le sage sait qu'il ignore ce que l'avenir lui réserve, dit-elle. Mais venez vous asseoir. J'aimerais chanter. »

Oboko cessa de marcher. Ils se regardèrent ; Matari ne souriait plus, mais elle paraissait sereine.

« J'aimerais vous chanter un *motawi*, ajouta-t-elle tandis qu'il prenait place face à elle devant la cheminée.

— Vous m'honorez.

— Votre opinion m'intéresse. Je sais que je ne chante pas très bien, mais il me semble que ce *motawi*, que j'ai composé moi-même, n'est pas tout à fait dénué de charme. »

Elle s'agenouilla sur la natte devant le feu, réajusta sa robe. Son visage devint très sérieux. Elle serra les mains puis les posa sur ses genoux, et commença à chanter.

Oboko sursauta : sa voix déploya une puissance et une complexité immédiates, qui ne s'étaient pas manifestées dans le court refrain qu'elle avait chanté à Izzi. Il s'agissait d'une sorte de duo amoureux ; la première partie était forte et masculine, et la voix de Matari s'en accommoda sans effort. Puis elle passa à la partie féminine et son timbre prit alors une tout autre qualité. C'était sublime. La seule voix de Matari donnait aux paroles de la chanson, aux personnages, une indescriptible profondeur dans laquelle Oboko se laissa absorber.

Il oublia rapidement l'histoire que racontait la chanson – c'était la tragédie habituelle d'une femme châtiée par son amant jaloux. Mais la mélodie, et les mots d'un couplet, vers la fin du *motawi*, emplirent la pièce d'une puissance presque magique.

« Nos vies s'entremêlent... comme les veines dans notre corps... Nous nous coulons l'un dans l'autre... Nous nous entrelaçons comme les sarments de la vigne... dont les fruits lourds sont un vin que ne contiendra nul tonneau... Allons ! allons ! déjà le sombre buveur vient... pour nous goûter. »

Elle le regardait avec des yeux brillants. Son visage resplendissait. Oboko se rendit brusquement compte que la chanson était terminée depuis déjà un long moment. Il s'aperçut que sa bouche était ouverte, un sourire sot sur les lèvres.

« C'était magnifique, dit-il enfin. Je suis un poète, mais je n'ai pas de mots pour vous dire... la beauté de ce chant et de votre voix. »

Elle scruta longuement son visage, puis, sans sourire, se détourna.

« Merci. Je vous remercie. Je suis contente que cela vous ait plu.

— C'était... c'était...

— Je crois que quelques passages sont assez réussis, mais je sais que ma voix n'a pas assez de force pour bien transmettre les intonations masculines.

— Vous avez chanté... vous avez chanté comme si vous saviez, à chaque instant, exactement ce qu'il fallait faire. Vous avez un don extraordinaire.

— Maintenant vous ne cherchez plus qu'à me flatter, dit-elle, mais ses yeux pétillaient de joie.

— Je dis n'avoir pas de mots, mais me voilà incapable de mettre fin à mon verbiage. »

Il ne savait pas si elle avait vraiment bien compris à quel point il avait été ému, ou si elle avait accepté ces compliments comme elle l'avait sans doute fait des centaines de fois auparavant, sans y croire.

« Vous êtes incapable de verbiage, répliqua-t-elle. Quand vous parlez, vous dites toujours ce qu'il y a dans votre cœur.

— Je peux mentir, comme tout le monde.

— Ah bon ? Eh bien, merci beaucoup ! s'écria-t-elle, contrefaisant l'offusquée.

— Mais je ne mentirais jamais en parlant de votre chant, ajouta-t-il rapidement.

— Jeune homme, jeune homme, dit-elle en souriant. La seule personne à qui vous mentez est vous-même.

— Merci.

— Et je suppose que même ça, vous ne le faites pas très bien.

— Matari..., murmura-t-il doucement. »

Elle plongea son regard dans le sien. Pendant un long moment, ils se regardèrent gravement, leurs visages inexpressifs et maîtrisés.

« Votre nom..., dit-il. J'ai eu envie de le dire.

— Vous le dites très bien, répondit-elle doucement.

— En effet, il est très doué », intervint Izzi qui venait d'entrer.

Oboko s'empara vivement de son épée, Matari sursauta et fit un bond en arrière.

« Du calme, du calme, dit Izzi en secouant la neige qui s'était accumulée sur son manteau. Je ne suis pas le mari jaloux. »

Oboko se leva.

« Qu'est-ce... qu'est-ce que tu as vu ? demanda-t-il.

— Des merveilles ! D'indescriptibles merveilles ! dit Izzi, en piétinant le sol pour nettoyer ses bottes et en continuant de se brosser les épaules. Mais je n'ai absolument rien vu venant du sentier de Samika.

— Parfait, dit Oboko.

— Je ne sais pas, dit Izzi en s'approchant des deux autres. Je crains la solitude, et je crois que j'aimerais faire de nouvelles connaissances.

— Votre souhait sera bientôt exaucé », dit Matari.

Elle le regardait froidement.

« Je le crois aussi. Tandis que je montais la garde, je pouvais voir que le ciel au-dessus de Samika était dégagé, même quand il neigeait encore ici.

— Ils arrivent », dit Matari.

Il y eut un silence gêné. Chacun regardait le feu.

« Oui, dit finalement Izzi. Comme tout cela est intéressant ! »

Et il sourit de toutes ses dents.

Chapitre VI

En apparence, Oboko montait la garde et ses yeux regardaient fixement le sentier qui grimpait le flanc de la montagne depuis Samika ; en réalité, il n'aurait peut-être même pas remarqué une armée en marche. Son esprit vagabondait, passait de la joie qu'il avait éprouvée en constatant que son poème avait plu à Matari au tourment de ne pas savoir où Izzi avait passé la nuit précédente, de ne pas savoir ce qu'il faisait à l'heure actuelle dans le temple et, de là, à la perplexité de se répéter sans cesse que cela n'avait aucune importance. Il était énervé, anxieux, extatique, tourmenté ; en un mot, il se sentait vivre.

En son cœur, il psalmodiait « Matari, Matari », de la façon même qu'on lui avait appris à réciter « *Namiz Amida Bussu* » - le nom du Bouddha. Mais il se rendait compte aussi que c'était folie de penser à elle ainsi. Elle était pourchassée par des hommes qui voulaient la tuer ou la ramener de force à son mari. Si le seul sentiment qui l'avait habité avait été celui de la convoitise, tout aurait été plus simple : Dieu avait offert aux hommes des moyens relativement simples de satisfaire ce genre de désirs. Oboko avait l'impression d'avoir ingéré une substance si nocive qu'une centaine de minutes passées à contrôler sa respiration – en fait, il n'arrivait pas à se concentrer, et il avait dû recommencer plusieurs fois avant même d'arriver à compter jusqu'à dix – n'auraient pas suffi à le calmer. Il grogna bruyamment puis, surpris par son propre grognement, il parvint enfin à rire de lui-même.

« Une geisha de Samika, dit-il à voix haute dans l'air glacé du crépuscule, et je me conduis comme un gamin. »

Afin de cesser de penser à elle, il essaya d'imaginer qu'Izzi et Matari étaient, en ce moment même, en train de faire l'amour, mais cela lui demanda un tel effort, et l'emplit d'une telle rage envers Izzi, qu'il dut s'arrêter.

Il réussit à retrouver son calme assez longtemps pour jeter un coup d'œil sur le sentier qui remontait en serpentant de Samika, mais il n'y vit personne. La neige avait cessé de tomber et la lumière de cette fin d'après-midi lui permettait de bien voir. La portion supérieure du sentier, en tout cas, était vide. Néanmoins, assez rapidement, la pensée de l'avenir revint. Que se passerait-il ? Oboko, assis roidement sur son éminence, immobile, l'air grave, regardait en direction de Samika, mais, en fait, il s'enfonçait dans les insondables profondeurs des yeux de Matari, se noyait sans penser à rien.

*

Beaucoup plus tard ce soir-là, quand Izzi revint de son propre tour de garde et s'assit face à lui dans la grande salle, le fourreau de son épée fit un son étrange en heurtant le sol. Izzi grommela quelques mots, replaça son arme sur ses jambes repliées. Il leva les yeux vers Oboko.

« Matari ?

— Elle dort dans la chambre du maître, répondit le moine.

— Ah. »

Le visage d'Izzi arborait une mine neutre, prudente, mais soudain sa bouche s'ouvrit en un grand sourire et ses yeux rougis se mirent à briller.

« Le vent a tourné, dit-il.

— Il neige ? » demanda Oboko.

Izzi fronça les sourcils et prit son épée pour la placer le long de sa jambe.

« La neige tombera toujours, dit-il, et le vent tournera encore.

— Le temps a passé vite, dit Oboko, qui savait très bien qu'Izzi avait mis fin à sa garde au moins une heure avant le moment prévu.

— Il fait trop noir, je ne voyais plus rien, dit Izzi en jetant à Oboko un regard courroucé. Si quelqu'un avait grimpé le sentier, je ne l'aurais remarqué qu'au moment où son cheval m'aurait pissé dessus. Nous sommes perdus, Oboko. S'ils viennent et trouvent Matari, nous sommes perdus.

— Au moins, dans ce cas, nous n'aurons pas à remonter le sentier et à repasser le col.

— Facile à dire pour toi. Mais moi, qu'est-ce que je gagne à mourir ? Je suis un grand poète, je suis célèbre. Mourir maintenant, alors que je n'ai jamais eu aussi peu d'importance... »

Il sourit.

« Ah ! Boko, reprit-il. Voilà où nous en sommes : nous allons mourir à cause d'une putain qui n'a même pas de gros nichons. »

Oboko sourit faiblement à son tour. Cela était bien absurde, en effet, joyeusement absurde.

« Tu n'as pas à mourir pour cette dame, dit Oboko.

— Toi non plus.

— Je n'en ai pas l'intention », répliqua doucement Oboko.

Izzi avait cessé de sourire. Il regardait attentivement les yeux de son compagnon.

« Elle a de très jolis yeux marron, cependant, non ? dit-il.

— Comme deux étangs emplis de lunes marron, dit Oboko d'un ton neutre.

— Ou comme deux tas de bouse dans un marais. »

Les deux hommes se faisaient face, assis tout droits, leurs visages parfaitement impassibles.

« Oui, dit enfin Oboko, on peut dire ça aussi.

— Ah ! Boko, je suis amoureux de Matari, et j'aimerais bien que tu en sois amoureux aussi.

— Oboko n'aime pas, répondit le moine en fronçant les sourcils.

— Que tu es cruel, Boko, dit Izzi en souriant. Ton cœur est froid, froid. Et le reste de ta personne fond et se déverse sur le plancher. Boko, je suis amoureux de Matari et j'ai bien peur de devoir jouer le rôle du mari jaloux et te tuer. »

Ils étaient absolument immobiles. Oboko écoutait le bruit des volets heurtant le mur.

« Pas avant demain, dit-il. Je n'ai pas encore écrit de poème ce soir.

— Bien sûr. »

Izzi se tourna vers le feu, et le mouvement le fit grimacer de douleur. Il toussa deux fois.

« Ah ! Boko, nous sommes deux idiots. Deux idiots. Demain, nous devons aller à Samika et en finir avec ces folies. »

Oboko ne répondit pas. Izzi grimaça à nouveau de douleur et porta la main au côté, comme s'il souffrait.

« Je me meurs..., grommela-t-il. C'est cette satanée viande de cheval. Toi et Matari, vous allez mourir de faim, moi, je me meurs... Et nous voilà, assis au sommet de ces montagnes, à attendre que ce sale nain, la Mort, tende la main et nous propulse dans le néant. »

Il toussa deux fois de plus et cracha dans le feu. Oboko resta impassible.

« Nous sommes deux idiots, Boko, répéta Izzi en levant les yeux.

— Nous devons faire notre devoir », dit Oboko.

Izzi soupira.

« Jour après jour, nous nous efforçons de bien faire et, par conséquent, nous ruinons tout ce que nous entreprenons », soupira-t-il.

Il commença à se relever, prit le fourreau par le milieu et se mit debout en grognant.

« Je vais me coucher, mon vieux, continua-t-il. Tu m'assures que tu vas rester ici toute la nuit ? »

Oboko le regarda sans réagir.

« Je vais rester ici toute la nuit, dit-il enfin.

— Tu es bien bon ! s'exclama Izzi avec une expression exagérée. Quant à moi, j'ai un travail sérieux à faire, il ne faut donc surtout pas me déranger. »

Il fit une courte pause et ajouta :

« Sauf si je suis sur le point de mourir.

— Où seras-tu ? » demanda Oboko.

Les deux hommes se regardèrent fixement.

« Je crois que je vais m'installer dans la chambre du maître, ce soir, dit Izzi. C'est mon tour, ce soir. »

Il sourit de toutes ses dents.

« Et si quelqu'un vient ? demanda Oboko après un silence.

— Ah ouais, ça va être une nuit dangereuse, dit Izzi sans cesser de sourire. Je vais devoir dégainer mon épée.

— Ne la perds pas.

— Ne t'en fais pas. Là où je vais la mettre, j'ai peu de chance de la perdre. »

Izzi rayonnait. Il pivota sur lui-même et disparut dans le couloir.

Une fois seul, Oboko recommença à essayer de contrôler sa respiration. Six fois de suite, il fut incapable de compter dix respirations sans perdre sa concentration. Il remarqua alors que le feu déclinait. Le temps était sans doute désormais plus dégagé à l'extérieur, car des rayons de lune entraient par les fenêtres et le vent ne transportait plus de neige. L'heure était venue d'écrire un poème. Il prit du papier, de l'encre, un pinceau et les disposa devant lui. Il regarda un moment les braises ardentes. Il s'empara du pinceau, mais rien ne lui vint à l'esprit. Au loin, il entendit un volet claquer. Pas de poème. Il émit un grognement de dépit. Il fallait écrire quelque chose, même si ce n'étaient que quelques mots insensés. Il écrivit lentement :

Le ciel est dégagé au-dessus de la ville.
La lune éclaire le sentier qui mène à sa porte.

Il relut ces deux phrases, soupira, biffa ce qu'il venait d'écrire, ratura soigneusement jusqu'à ce que tous les caractères fussent illisibles. Il recommença :

Un flocon de neige
Tombe, soufflé par le vent,
Sur les rouges braises.
Pschitt.

Il y eut une bourrasque, et quand Oboko tourna la tête, les trois hommes étaient déjà là, près de la grande porte. Dans l'obscurité, il les voyait à peine, mais sans aucun doute, ils étaient là, ils étaient là.

Oboko demeura immobile et laissa ses yeux s'habituer aux ténèbres qui régnaient à l'extérieur du cercle des flammes. Il regardait les intrus.

« Soyez les bienvenus », dit-il doucement.

Y avait-il dans la pièce des signes de la présence de Matari ? Il lui semblait que non.

« Vous êtes seul ? » demanda la plus grande des trois vagues figures se tenant à l'autre bout de la pièce.

Oboko sentit son corps se raidir.

« Je m'appelle Oboko, je suis poète. Je me rends à Samika en compagnie d'un autre poète, Izzi. Et vous ? »

Le plus grand, le plus costaud des trois hommes s'approcha du feu. Un long sabre reposait sur sa hanche, une courte épée pendait à sa ceinture, un arc était ceint à son dos. Les deux autres hommes qui l'accompagnaient étaient armés eux aussi, mais n'avaient pas d'arc.

« Nous sommes des samouraïs de la cour des Arishi », dit le plus grand, qui s'était arrêté à trois mètres du feu.

Les deux autres s'arrêtèrent juste derrière lui, et se placèrent de chaque côté de lui. L'un d'eux était jeune, à peu près du même âge qu'Oboko ; l'autre était vieux, et son visage était creusé de rides comme une noix.

« Soyez les bienvenus, répéta Oboko. Ce temps n'est guère clément pour les voyageurs.

— Y a-t-il des écuries ? » demanda l'homme.

Oboko commençait à deviner son visage : des yeux noirs, des traits fins. De la neige parsemait ses cheveux et sa barbe.

« Non, répondit Oboko. Vous pouvez les faire entrer ici.

— Où est l'autre ?

— Il dort. Il est ivre.

— Vous êtes ici depuis longtemps ?

— Deux jours. »

La porte s'ouvrit de nouveau, et le grand homme se tourna pour regarder. Sans dire un mot, il attendit. L'un des samouraïs sortit, revint avec les trois chevaux et les attacha à la poutre cassée, près de la porte. Le chef vint alors auprès du feu. Sa démarche dénotait de la grâce, mais aussi de la puissance. Il s'assit sur ses talons et scruta Oboko du regard. D'un doigt, il frottait sa barbe déjà grisonnante pour en faire tomber la neige.

« Pourquoi n'êtes-vous pas descendus à Samika aujourd'hui ? » demanda-t-il.

Oboko sourit.

« Izzi, mon compagnon, est persuadé qu'il se meurt. Il a refusé de partir ce matin.

— Vous avez dit qu'il était ivre.

— Il veut mourir heureux. »

Le vieux samouraï, ayant fini de s'occuper des chevaux, se joignit à eux et se mit à déposer du petit bois sur les braises.

« Nous cherchons une femme, reprit le chef. Une dame. Elle s'est perdue dans la tempête.

— Perdue dans la tempête ? » demanda Oboko.

Il haussa les épaules, comme si la question lui avait paru ridicule.

« On l'a vue s'engager sur cette route, en direction du col de Kybo », ajouta le petit homme, qui se tenait toujours juste derrière et à la droite de son maître.

Il était plus jeune qu'Oboko ; il regardait attentivement les vêtements du moine, comme s'il cherchait quelque chose de spécifique.

Oboko tisonna le feu.

« Il y a deux jours, le soir, nous avons trouvé un cheval, sans cavalier. Il hennissait de douleur, à cause d'une fracture. Nous l'avons tué. Pas de trace de son maître », ajouta Oboko en regardant l'homme aux traits réguliers, qui l'observait avec attention.

Le samouraï changea alors de position pour s'asseoir en tailleur, disposant silencieusement ses deux fourreaux, l'un derrière lui, l'autre posé sur ses genoux. Ses mains, qui arrangeaient le long fourreau de bois laqué, paraissaient immenses. Le sabre était d'ailleurs d'une taille inhabituelle, avec une lame de quinze ou seize paumes de long. La garde était décorée de pierres précieuses et brillait à la lueur des flammes.

« Vous l'avez tué, dit l'homme.

— Oui.

— Ce cheval s'appelait Konlo, c'était un magnifique animal. Nous avons vu ses restes, dehors. »

Oboko cligna des yeux.

« Je vois. Mon ami Izzi a grand appétit.

— Si Konlo avait été séparé de son cavalier, il serait rentré de lui-même à Samika. »

Oboko s'efforça de regarder l'homme dans les yeux, sans manifester d'expression. Il entendit le cliquetis du sabre du vieil homme, qui s'affairait silencieusement derrière lui et dont l'arme avait apparemment heurté quelque chose. L'odeur du crottin de cheval emplissait la salle ; les trois montures, près de la porte, semblaient agitées. Oboko se rendit alors compte qu'on leur avait donné à manger.

« La dame sera passée par ici en direction du nord, et aura perdu le cheval en traversant le col.

— Le cheval est mort en faisant face au sommet de la montagne.

— Il aurait dû être plus prudent, répliqua Oboko sans réfléchir, parce qu'il s'efforçait surtout de soutenir le regard de cet homme.

— Nous n'avons pas retrouvé les effets personnels de la dame, dit le chef. Si elle avait fait une chute de cheval, les sacoches auraient été encore attachées à la selle.

— C'est donc qu'elle n'a pas fait de chute.

— En effet, dit l'homme en perçant Oboko de son regard scrutateur. Elle aura décidé qu'il était plus facile de porter elle-même les sacoches et de marcher.

— Je ne sais que vous dire. »

Pendant une bonne minute, les deux hommes s'observèrent mutuellement. Soudain, le jeune samouraï, qui était accroupi derrière son chef, sans que se manifestât le moindre signal, se leva, glana quelques fétus de paille et les attacha. L'ayant allumée, il approcha sa torche rudimentaire du visage d'Oboko puis, deux secondes plus tard, suivit le samouraï plus âgé, qui était parti dans le couloir.

« Je... », commença Oboko, mais il ne trouva rien de plus à dire.

Ils trouveraient dans l'obscurité la chambre du maître, derrière la dalle de pierre qui dissimulait la porte, et, à l'intérieur, Izzi et Matari ; ou ils ne trouveraient personne et se demanderaient ce qu'il était advenu de l'ivrogne qui accompagnait Oboko. D'une manière ou d'une autre, les mensonges maladroits du moine seraient découverts.

Les deux hommes s'engouffrèrent dans les ténèbres, le plus jeune la torche à la main gauche, les deux portant sabre au clair. Oboko regarda leur chef, qui n'avait pas bougé et observait Oboko d'un air détendu.

« Pourquoi cherchez-vous cette dame ? demanda Oboko.

— Elle est perdue, il faut la retrouver.

— Elle est partie seule, à cheval.

— C'est cela.

— Pas de domestiques ?

— Pas de domestiques.

— Elle ne manque pas de courage.

— C'est la moindre de ses qualités.

— Et quelles sont ses principales ? »

La neige dans les cheveux du samouraï fondait et coulait sur ses tempes, comme de la sueur. Il ne répondit pas. Oboko comprit qu'il écoutait les bruits provenant du couloir. Il écouta à son tour : il entendit quelques cris étouffés. Oboko et le samouraï demeurèrent immobiles, mais le moine se rendit compte que l'homme avait lentement changé de position, comme s'il voulait être prêt à bondir à tout moment. Le visage d'Oboko était couvert de sueur, de vraie sueur. Les cris indistincts avaient cessé, et ils entendirent des bruits de pas qui se rapprochaient.

Oboko aurait voulu pouvoir se préparer à bondir lui aussi, mais il se força à demeurer immobile. Il aurait voulu pouvoir se tourner vers le couloir, mais il se força à laisser son regard sur l'homme qui lui faisait face. Sereins, imperturbables, ils se regardaient. Du coin de l'œil, il voyait vaciller la lumière de la torche. Les bruits de pas changèrent, signalant que les deux hommes étaient désormais revenus dans la grande salle.

« C'est déjà l'heure de la méditation matinale ? » demanda une voix bourrue.

C'était Izzi.

Oboko et le chef se tournèrent et virent Izzi, debout entre les deux samouraïs, cheveux en désordre, yeux ensommeillés.

« Où est la dame ? » demanda sèchement le chef.

Izzi, bouche ouverte, laissa son regard aller du chef à Oboko.

« Quelle dame ? demanda-t-il enfin avant de se gratter la tête et de bâiller.

— La dame qui était sur le cheval. »

Izzi trébucha sur une couverture. En reprenant son équilibre, il jeta un bref regard vers Oboko qui, le visage impassible, tourna vivement la tête pour regarder les trois chevaux près de la porte. C'était un geste qui pouvait se comprendre comme un hochement de tête, comme s'il disait, aussi discrètement que possible, « non ».

« La seule chose que nous avons trouvée avec ce cheval est un paquet de biscuits, répondit Izzi. Des biscuits rassis, d'ailleurs. »

Le chef se tourna vivement vers le jeune samouraï, qui avait retrouvé son poste derrière son maître.

« Tu as regardé dans toutes les pièces ?

— Cet homme se trouvait dans la dernière cellule. Nous n'avons trouvé trace de personne d'autre.

— Dame Arishi n'est pas ici, ajouta le vieil homme.

— Dame Arishi ? » s'écria Izzi.

Les trois samouraïs le regardèrent.

« Ce nom vous étonne ? demanda le chef.

— Je... je... », balbutia Izzi.

Il se tenait tout près d'Oboko, le dos voûté. Il secoua la tête, comme s'il avait voulu retrouver ses esprits.

« Je suis le grand poète Izzi, reprit-il. Le seigneur Arishi m'a mandé de venir à sa cour pour le servir. C'est son épouse qui s'est enfuie ? »

Il y eut un silence qui dura quelques secondes.

« Enfuie ? » demanda le grand samouraï.

Izzi le regarda, la bouche légèrement ouverte.

« Eh bien, oui, enfuie, dit-il. On n'envoie pas trois samouraïs à la recherche d'une femme seule si elle ne s'est pas enfuie. »

Le chef le regarda de très près.

« Pour un ivrogne moribond et qui, par surcroît, vient tout juste de se réveiller, vous êtes plutôt vif.

— Certes, je me meurs, répondit Izzi en relevant les épaules, mais je ne suis pas un ivrogne. Je suis le grand poète Izzi. »

Il semblait presque gonfler la poitrine.

Le chef fit un geste presque imperceptible - Oboko le remarqua cette fois -, et le vieux samouraï, un homme petit, trapu, se dirigea vers les chevaux à la lueur de la lune. Il fouilla dans une sacoche et, quelques secondes plus tard, revint près du feu, chargé de victuailles - galettes de riz, fruits, poisson séché et deux outres de vin. Puis il retourna auprès des chevaux et revint avec des coupes de faïence. Il s'accroupit à nouveau derrière son chef, près du feu, et ouvrit la première outre.

« Ainsi donc, vous êtes le célèbre poète Izzi », dit l'homme de haute taille.

Pour la première fois, il adressa un sourire à Izzi, qui s'était assis lourdement entre lui et Oboko.

« Vous avez entendu parler de moi ? demanda Izzi joyeusement.

— Le seigneur Arishi vous a fait venir à sa cour, c'est donc que vous êtes célèbre.

— Précisément, s'exclama Izzi avec un grand sourire qui s'agrandit encore quand il se vit offrir une coupe de saké.

— Vous êtes donc un grand poète, ou alors vous ne coûtez pas très cher, continua le chef. Le seigneur Arishi n'aime pas dépenser trop d'argent pour des poètes de cour, des bouffons ou des parasites. »

Izzi fronça les sourcils, mais sans cesser de boire.

« Izzi n'est pas un bouffon, dit-il, ni un parasite.

— Nous sommes tous des bouffons. Et si l'on vous paie à ne rien faire, alors vous êtes un parasite.

— En ce cas, vous aussi, vous êtes un parasite », dit Izzi d'un ton agressif.

Les trois samouraïs éclatèrent de rire.

« Sans doute, dit le chef avant de vider sa coupe d'un trait. Mais le salaire du capitaine des samouraïs est dix fois celui d'un poète de cour.

— Tuer a toujours plus rapporté que créer.

— Probablement parce que c'est plus intéressant, plus humain.

— Probablement, admit Izzi en remplissant sa coupe.

— J'aimerais entendre un de vos poèmes.

— Je ne récite que devant la noblesse.

— Vraiment ? dit le chef, qui tendit en souriant la main gauche vers le vieil homme pour qu'il remplisse sa coupe. Alors vous me ferez l'honneur de me réciter un poème. »

Sans cesser de sourire, il dégaina sa courte épée et, d'un geste vif, inattendu et désinvolte, il trancha deux centimètres du cuir au bout de la botte gauche d'Izzi.

Personne ne bougea.

« Je m'estime déjà bien assez petit, dit Izzi doucement en regardant sa botte. J'aurai donc plaisir à réciter un poème.

— Vous êtes bien bon, dit le chef.

— C'est un poème au sujet d'un samouraï.

— Noble sujet.

— Un samouraï et la Mort. »

Bref silence.

« L'un ne va pas sans l'autre », dit le chef.

Izzi s'assit sur ses talons et, le dos bien droit, dit :

« Ce poème est un peu long, mais il est génial.

— Je n'en attendais pas moins du célèbre poète Izzi.

— "La Mort et le Samouraï" », déclama Izzi.

Il s'éclaircit la gorge, puis commença, d'une voix douce, ferme, dramatique :

Elle avale des fourmis dans le feu du matin,
Piétine les grillons d'un pied indifférent,
Flétrit les plantes sous le soleil de midi,
Enfonce sa flèche dans la peau du lièvre.
Et pourtant, nous qui chassons nos ennemis
À la faible lueur du crépuscule,
À l'affût du craquement d'une feuille morte
Ou d'une manche effleurant une branche,
Nous ne la voyons pas, accroupie,
Affamée, prête à bondir dans notre dos,
Prête à se gorger une fois de plus.

Le feu sifflait et craquait doucement devant eux, sa lumière vacillante éclairant les visages des cinq hommes. Le chef avait pris un air morose et regardait les flammes.

« Vous n'êtes pas un guerrier, dit-il.

— Vous n'aimez pas mon poème ? demanda Izzi.

— Un guerrier sait toujours exactement où se trouve la Mort. Sinon, il n'est pas digne d'être un guerrier.

— En ce cas, je vais modifier mon poème, dit Izzi.

— Vous ne vivrez pas assez longtemps pour en avoir le temps, dit le chef en tisonnant mélancoliquement le feu avec un bout de bois.

— Je suis rapide.

— Les hommes sont comme ce bout de bois, dit le chef en jetant sa brindille dans le feu. La question n'est pas de savoir s'il va brûler, mais bien quelle chaleur il dégagera et quelle lumière il produira en brûlant. »

Il y eut un silence. L'homme de haute taille se tourna vers Oboko.

« Vous aussi, vous êtes poète ?

— Oui.

— Alors, composez-moi un poème. Un poème d'amour.

— Je ne sais rien de l'amour.

— Un poème sur les femmes, en ce cas. Comme vous voudrez.

— Izzi a écrit un grand nombre de poèmes d'amour. Il...

— Récitez-moi, l'interrompit le chef, un poème sur les femmes.

— Je crains de ne jamais avoir écrit... »

L'immense main du samouraï se posa sur la garde de sa courte épée. Oboko, d'un rapide mouvement, changea de position et s'assit sur ses talons.

« Sur les femmes ? demanda-t-il.

— Oui.

— Mes poèmes sont très courts.

— Très bien. Cela prouve déjà votre supériorité sur Izzi. »

Oboko redressa le dos, se racla la gorge. Il regarda le grand samouraï droit dans les yeux et récita :

La vieille paysanne
Grimpe l'abrupte colline
En portant deux lourds seaux.
Ah ! Kino, se souvient-elle,
Ah ! que tu me baisais bien !

Il y eut un court silence, puis le chef éclata d'un rire clair et sonore, bientôt imité par Izzi et les deux autres samouraïs. Leur hilarité emplit la grande salle du vénérable temple pendant dix secondes. Puis le grand samouraï cessa de rire, et les autres aussi.

« Très bien. Maintenant, un poème sur une dame de cour.

— Je n'ai jamais écr... »

La main du samouraï se rapprocha imperceptiblement de la garde de son épée, et Oboko tressaillit.

« J'apprécierais que vous en composiez un, maintenant. »

Les yeux plongés dans le feu, Oboko hésitait. Puis il commença à déclamer son poème, sans savoir lui-même ce qu'il allait dire d'un vers à l'autre :

Une grande dame
Chante dans la nuit, et battent
Vivement les cœurs.

Il y eut un nouveau silence. Le grand samouraï regardait froidement Oboko.

« Chante... ? commença-t-il.

— Magnifique, magnifique, s'écria Izzi, sa coupe de saké à la main. C'est si beau, je sens que je peux mourir en paix, car...

— Donne-moi un autre poème sur cette grande dame.

— Mais..., balbutia Oboko. Bien sûr. »

Il regarda le liquide au fond de sa coupe, et improvisa les vers suivants :

Ils vinrent au temple :
Deux poètes, leur petit feu,
Pas de grande dame.

Le silence cette fois fut plus long. Le chef des samouraïs s'écria soudain, avec véhémence :

« Les poètes ! putain de poètes ! Mais que savez-vous des femmes ? Que savez-vous de dame Arishi ?

— Rien, admit Oboko.

— Des femmes, je sais tout ce qu'il y a à savoir, dit Izzi. De dame Arishi, je ne sais pas grand-chose. À Kyoto, on disait que c'était la femme la plus belle et la plus brillante de Samika. Et une merveilleuse catin. »

La main droite du samouraï s'était posée sur la garde de son sabre à l'instant même, semblait-il, où le mot « catin » avait été prononcé, mais l'écho de ces syllabes se dissipa sans qu'il le dégainât.

« Vous avez raison, à tous points de vue, dit enfin le chef.

— Et je crois deviner, ajouta Oboko, qu'elle aime bien se promener seule dans la neige.

— Elle tente d'échapper à son destin, dit gravement le grand samouraï. La Mort la suit partout où elle va, comme ce sabre que je porte sur mon dos.

— Elle doit mourir parce qu'elle est belle et brillante ? demanda Oboko.

— Elle doit mourir parce qu'elle est une catin, aboya le chef. Elle a oublié que l'épouse du seigneur Arishi doit être l'épouse du seigneur Arishi, et non une courtisane, une geisha ou une poétesse. »

Oboko aurait voulu poser plus de questions, mais il préféra se taire parce qu'il avait noté une tension sur le visage du samouraï qui n'avait pas été là auparavant.

« Malheureusement, dame Arishi n'a pas su rester à sa place. Elle a accepté les compliments d'un noble de la cour d'une manière qui a paru inacceptable au seigneur Arishi.

— Et maintenant, dit Izzi en bâillant, le seigneur Arishi réclame vengeance et lance ses trois meilleurs samouraïs à sa poursuite ?

— Oui. Ses trois meilleurs samouraïs.

— C'est un véritable héros tragique, dit Izzi, rayonnant. Je suis le poète de la cour d'un héros tragique, d'un géant parmi les hommes. Je dois absolument écrire un poème à la gloire du seigneur Arishi avant d'arriver à Samika. Avant de le rencontrer et, comme cela est inévitable, d'être déçu.

— Vous ne serez pas déçu, dit le jeune samouraï.

— Et vous, capitaine, que pensez-vous de votre seigneur ? demanda Oboko.

— Il est mon seigneur et mon maître. Il parle et j'obéis. Tout ce qu'il dit, tout ce qu'il pense est pour moi la vérité.

— Même quand il vous demande d'assassiner sa femme ?

— Surtout quand il me demande de tuer sa femme. »

Chapitre VII

Vingt minutes plus tard, Izzi était allongé sur le dos, apparemment tout à fait ivre – quoique Oboko en doutât. Le grand chef avait bu au même rythme, sans jamais ralentir, mais quand il s'était levé pour sortir avec le jeune samouraï, il n'en avait rien laissé paraître. Le troisième homme, vieux et ridé, n'était pas sorti avec ses compagnons. Il restait assis près d'Oboko. Il avait beaucoup bu lui aussi, mais il semblait au moine que le guerrier exagérait son ivresse. Quand la porte s'était refermée avec fracas, Oboko et le vieux guerrier s'étaient regardés avec nonchalance.

« Votre capitaine est amateur de poésie, semble-t-il, dit Oboko.

— Il maîtrise tous les arts.

— Est-ce un art, tuer ? »

Le vieil homme haussa les épaules.

« C'est notre travail.

— Elle est belle ? »

Le samouraï parut soudain légèrement tendu, mais il se détendit immédiatement, en produisant une sorte de renâclement.

« Elle est unique, dit-il.

— Que voulez-vous dire ? demanda Oboko.

— Il y a beaucoup de belles femmes. Mais quand on voit dame Arishi, sa beauté nous émeut éternellement.

— Je vois, dit doucement Oboko. Et elle a été inconstante ? »

Une nouvelle fois, le vieil homme se raidit. Il fixa sur le moine un regard intense.

« Probablement, dit-il après une longue pause. Ce n'est qu'une femme, après tout.

— Je vois.

— Tout homme qui la voit ne peut que la désirer.

— Et...

— Ce n'est qu'une femme...

— Je vois.

— Tous les hommes sont à sa merci, dit le vieux samouraï, le regard toujours fixé sur le visage d'Oboko. Il n'est que raison d'en déduire qu'elle a plusieurs fois été inconstante.

— Plusieurs fois...

— Chaque nuit, un homme différent : un noble, un bouffon, un serviteur, un étranger, continua l'homme. Partout, des bites ramollies. »

Oboko était pâle. Il transpirait. Il ne répondit pas, car il sentait que le samouraï, pour une raison ou une autre, cherchait à le provoquer. Les deux hommes se regardaient.

« Son mari a fait preuve d'une remarquable patience, dit enfin le vieux guerrier. Et maintenant, il va la tuer. »

Oboko regarda le feu.

« Mais elle est probablement déjà morte, tuée par la tempête.

— Probablement », répéta le samouraï, qui scrutait toujours le visage d'Oboko.

Le grand samouraï et son disciple revinrent, et le jeune homme disposa dans la pièce plusieurs chandelles qu'il avait apportées parce que la lumière de la lune ne suffisait plus. Puis, sans dire un mot, les deux hommes reprirent place auprès du feu, face à Oboko. Izzi s'étira, bâilla, se mit sur son séant.

« Je me suis un petit peu endormi, on dirait, dit-il au chef. Excellent, ce que vous avez apporté.

— Notre saké vous a plu ?

— Je ne veux plus jamais boire autre chose.

— Et vous, Oboko ?

— Il est excellent.

— Et vous, par cette douce journée de printemps, où vous rendez-vous ? demanda le chef d'un ton convivial.

— Au monastère de la baie de Nuni.

— Vous êtes un disciple de maître Eno ?

— Oui.

— Avez-vous des anecdotes à nous raconter à son sujet ?

— Pas vraiment, et puis ce n'est pas le moment, répondit Oboko.

— Ne faites pas le timide, dit le grand samouraï. Nous sommes amis, lui et moi.

— Ah ?

— J'ai même un peu étudié avec lui. Trois mois.

— Je vois. »

Le grand samouraï semblait beaucoup s'amuser.

« Une fois, reprit-il, je suis allé le voir dans sa cellule à l'heure habituelle. J'ai cogné et j'ai entendu sa voix qui disait : “Qui est-ce ? — C'est moi, ai-je répondu. — Il n'y a pas de place pour toi et moi ici”, a dit maître Eno, et il n'a pas ouvert sa porte. »

Son regard était sévère désormais, comme s'il considérait Oboko comme un élève. Le vieil homme, à sa gauche, souriait.

« Naturellement, continua-t-il, cette conversation m'a laissé perplexe. Pendant plusieurs jours, j'ai beaucoup médité. Une semaine plus tard, je suis de nouveau allé cogner à la porte du maître. Eno a demandé : “Qui est-ce ? — C'est vous”, ai-je répondu d'une voix forte. La porte s'est ouverte et je suis entré. »

Oboko sourit ; il avait déjà souvent entendu cette parabole. Il détourna le visage et regarda le feu.

« Cela s'est vraiment passé ainsi ? demanda-t-il.

— Oui.

— Il se trouve que je me trouvais justement dans le couloir, ce jour-là, quand il vous a donné la seconde réponse, dit Oboko, qui inventait à l'improviste sa propre parabole. Ayant constaté le succès de votre démarche, j'ai décidé de tenter de faire la même chose quelques jours plus tard. Je suis donc allé cogner à sa porte. “Qui est-ce ? a demandé la voix de mon maître. — C'est vous ! ai-je répondu. — En ce cas, vous êtes déjà à l'intérieur”, m'a dit la voix, et la porte est restée fermée. »

À l'exception d'Izzi, qui paraissait s'être rendormi, ils éclatèrent tous de rire. Le chef des samouraïs, l'outre de vin pratiquement vide posée sur ses cuisses, regardait Oboko avec un respect nouveau.

« Celui qui sait faire délibérément le bouffon, dit-il, s'est peut-être déjà engagé sur la Voie. »

Il regardait Oboko, sourcils levés, comme s'il venait de poser une question.

Oboko hésita.

« Dommage, dit le chef. Vous ne changez pas d'avis ?

— Non.

— Dites-moi, que signifie la venue à l'ouest de Daruma ?

— Ce fut une erreur », répondit Oboko.

Les trois samouraïs rirent à nouveau.

« Très bien, jeune homme, reprit le chef. Quelle est l'essence du bouddhisme ? »

Sans réfléchir, Oboko tendit la main au-dessus des flammes et resta sans bouger pendant plusieurs secondes. Les trois hommes le regardaient avec intensité. Quand il la retira - la douleur était immense -, ils expirèrent tous les trois en même temps.

« Vous êtes jeune, dit le grand samouraï. Le bouddhisme n'est pas mort en vous, comme il l'est si souvent, mais votre bouddhisme est jeune.

— Quel bruit fait-on si l'on applaudit d'une seule main ? demanda soudain Oboko.

— Un bruit assez faible », répondit l'autre en souriant. Ses compagnons, et Izzi, qui s'était réveillé, rirent. « Comment peut-on purifier absolument son esprit ?

— Facile, répondit Oboko.

— Dites-moi.

— Il suffit de penser sans cesse aux excréments », répondit gravement le moine.

Le chef sourit.

« Comment faire la distinction, demanda Oboko, entre le maya de l'illusion et le *prajna* de la vérité ? »

Le chef regarda longuement son interlocuteur.

« Ce que je pense, présentement, en cet instant même, est une illusion, dit-il enfin. Le *prajna*, c'est tout le reste. »

Le vieil homme, à la gauche du chef, eut un étrange rire guttural.

« Et comment faire la distinction, demanda le grand samouraï, entre *samsara* et *nirvana* ?

— Je ne sais pas, répondit Oboko. Je n'ai jamais connu le nirvana.

— Dommage, dit froidement le chef. Si vous aviez connu au moins une fois le nirvana, vous auriez alors pu, comme moi, connaître toutes les misérables souffrances du *samsara.* »

Oboko ne répondit pas. Pendant plusieurs longues secondes, ils regardèrent le feu brûler. Un brusque courant d'air venu de la fenêtre ouverte souffla la fumée sur Izzi et Oboko, qui toussèrent.

« Par la panse du Bouddha, s'exclama Izzi, le vent nous punit pour toutes ces âneries que vous nous débitez depuis tout à l'heure.

— Ceux qui n'ont pas vécu l'illumination croient entendre des âneries, déclara froidement le grand samouraï.

— Sans doute, sans doute, dit Izzi en bâillant et en se redressant. J'ai passé plus de vingt ans à étudier auprès de six maîtres différents, et, de tous ces efforts, je n'ai retiré qu'une unique sentence. »

Tout le monde se tourna vers Izzi, mais celui-ci, le visage bouffi, les yeux à demi fermés, le haut du corps légèrement vacillant, se taisait.

« Et alors ? Quelle est cette unique sentence ? » demanda le vieil homme au visage ridé en se penchant vers lui.

Izzi hoqueta et chercha à tâtons l'outre de vin, qui se trouvait tout juste hors de la portée de sa main gauche.

« Je l'ai oubliée, malheureusement », dit-il.

Les trois samouraïs froncèrent les sourcils ; Oboko sourit.

« Mais il y a une chose que je peux vous dire, reprit Izzi qui, ayant abandonné sa quête de l'outre, avait rapatrié sa main et se grattait la barbe. J'ai longtemps cru que j'étais une sorte de bouddha condamné à vivre dans un monde peuplé de fous. Mais je sais maintenant que c'est moi qui suis un vous-savez-quoi, et je vis dans un monde où habitent essentiellement beaucoup de véritables bouddhas (il regarda le grand samouraï, yeux à demi fermés, en concluant) qui se donnent beaucoup de mal pour ressembler à des fous. »

Le grand samouraï se contenta de regarder les yeux rougis d'Izzi, sans réagir.

« Par le Bouddha, s'écria Izzi, j'ai une de ces envies de pisser ! »

Cette fois, le chef des samouraïs sourit.

« Va remplir les cruches de neige, dit-il au vieil homme à sa gauche. Il est l'heure d'aller dormir. »

Le vieil homme se leva, alla ouvrir une sacoche posée sur le sol près des chevaux et se mit à la recherche des cruches. Izzi bâilla, s'étira et se rendit en traînant jusqu'au mur du fond pour uriner. Oboko, le sourire aux lèvres, regardait le feu. Après un moment, il se tourna pour regarder le grand samouraï. Un nouveau courant d'air signala que l'on venait d'ouvrir la porte. C'était le vieil homme qui sortait. Il referma la porte derrière lui.

« Et qu'est-ce que le tao ? » demanda Oboko au chef.

Le moine regardait son interlocuteur et attendait sa réponse, mais il le vit se dresser pour regarder le fond de la salle ; une expression étrange, douloureuse, effrayante envahit soudain ce beau visage. Avant même de se retourner pour voir, Oboko savait ce que cette expression signifiait : Matari venait d'arriver.

À la lueur vacillante des chandelles, sa robe blanche chatoyait. Elle se tenait à l'entrée du couloir, immobile, les yeux saisis de peur.

Avec une lenteur telle qu'on aurait dit qu'il ne bougeait pas du tout, le samouraï se releva. Il avait toujours cette expression tourmentée, étrange, sur le visage ; si étrange qu'Oboko n'aurait pas su la caractériser. L'homme et la femme se regardaient, comme si chacun apprenait que l'autre était ressuscité d'entre les morts.

« Mon épouse », dit enfin l'homme.

Son visage se réorganisa et retrouva une façade d'impassibilité.

« Seigneur Arishi », répondit Matari.

Ses yeux trahissaient toujours une grande peur.

Oboko regardait avec stupéfaction le grand samouraï, c'est-à-dire le seigneur Arishi ; il commençait lentement à comprendre la teneur des propos qu'il venait d'entendre. Il comprenait aussi désormais l'expression qu'il avait vue sur son visage.

« Je suis venu te tuer », murmura le seigneur Arishi.

Matari le regarda fixement. Ses yeux avaient retrouvé un peu de sérénité, mais son corps tout entier tremblait. Elle jeta un bref regard, désemparé et craintif, à Oboko. Son mari, avec cette grâce naturelle qui accompagnait le moindre de ses gestes, tira lentement sur la garde de son grand sabre et le sortit du fourreau. Le bruit métallique résonna dans la salle silencieuse.

Oboko et le jeune samouraï, comme deux pantins contrôlés par le même marionnettiste, se levèrent d'un bond et dégainèrent leurs épées en même temps. De l'autre bout de la pièce, près des chevaux, parvint la voix rauque d'Izzi :

« Ne fais pas l'idiot, Boko ! Range ton coupe-chou. Ce n'est pas notre affaire. »

Le seigneur Arishi ne daigna regarder ni Oboko ni Izzi. Son visage paraissait calme, mais, à la lueur du feu, de la lune et des chandelles, on voyait la sueur briller sur ses tempes.

« Matari doit mourir, murmura-t-il.

— Non, elle ne doit pas mourir », s'écria Oboko.

Il se tenait dos au mur, dans une posture ramassée, tentant de surveiller à la fois les gestes du seigneur Arishi et ceux du jeune samouraï. Il tremblait aussi.

« Tu es jeune, et tu es sot, dit le seigneur sans cesser de regarder sa femme. Remets ton épée dans son fourreau et va-t'en.

— Partez », dit doucement Matari.

Oboko la regarda, pâle, immobile, d'une blancheur contrastant avec la noirceur du couloir derrière elle ; il regarda le seigneur Arishi, immense, impassible ; le jeune samouraï, face à lui, prêt à bondir ; Izzi, qui se balançait lentement au fond de la salle, près des chevaux.

« Je suis jeune et je suis sot », dit posément Oboko, sans bouger.

D'un geste indolent, onirique, qui semblait fait pour durer éternellement, le seigneur Arishi tourna la tête et les yeux en direction d'Oboko.

« Je vais te prendre ton nirvana », dit-il.

Tout le corps du moine se tendit, guettant le signal qui déclencherait l'explosion de violence du jeune samouraï, ou de son seigneur.

« Oboko, je vous en prie, non ! » implora Matari.

Le visage d'Arishi devint tout rouge. Oboko se ramassa encore plus sur lui-même, prêt à subir l'assaut. Soudain, on entendit le hennissement affolé d'un cheval. Les trois hommes se tournèrent et virent Izzi, épée à la main, chevauchant le grand étalon noir, traverser au galop les dix mètres qui le séparaient du seigneur Arishi.

En une fraction de seconde, le corps d'Oboko se mit en action avant même que son esprit ait eu le temps de réfléchir : il donna un rapide coup d'épée qui toucha le jeune samouraï au bras. Le mouvement l'entraîna tout juste hors de portée du grand sabre du seigneur Arishi, dont la lame trancha net sa cape et sa veste et lui entailla la poitrine. Une douleur aiguë, pure, le transperça, et un sang chaud et humide jaillit sous ses vêtements. Oboko était au sol, le jeune samouraï se tenait le bras et rampait pour s'éloigner de lui en gémissant. Le seigneur Arishi pivota sur lui-même pour affronter la charge à cheval d'Izzi ; il fit un rapide bond de côté tout en frappant un coup formidable avec son sabre. Izzi, touché, laissa échapper son épée et tomba de l'étalon.

Oboko se releva prestement, leva son épée pour attaquer Arishi. Cependant, quoique le grand samouraï ne pût voir venir le coup, il pivota sur lui-même pour le parer. « Non ! » cria Matari, de façon plutôt équivoque. Les deux lames se heurtèrent violemment, et une vive douleur remonta du poignet d'Oboko jusqu'à son coude. Il recula en titubant, brandit son épée pour bloquer la contre-attaque foudroyante du seigneur Arishi. Comme par magie, son épée lui fut arrachée.

Le samouraï pivota une nouvelle fois sur lui-même, mais trop tard pour éviter la charge d'Izzi qui, comme un taureau, s'était rué tête baissée. Celui-ci le percuta violemment au niveau des cuisses, et les deux hommes culbutèrent en direction d'Oboko, terrifié et étourdi. Néanmoins, quand le seigneur Arishi, s'étant relevé, brandit son sabre et menaça Izzi, le moine eut la présence d'esprit de lui donner un coup de pied sur le bras. La longue lame tomba sur le sol. Le jeune samouraï agrippa Izzi, Oboko sauta sur le seigneur Arishi tout en remarquant, du coin de l'œil, que la porte s'était ouverte et que le vieux samouraï se précipitait sur eux, sabre à la main.

Oboko hurla de rage et de terreur. Il tenta d'asséner un coup de poing au seigneur Arishi, mais celui-ci esquiva l'attaque et, utilisant l'impulsion du moine, le projeta par-dessus sa tête. Comme un acrobate, Oboko fit deux ou trois roulades et s'arrêta précisément à l'endroit où le samouraï blessé avait laissé tomber son sabre. Il s'en empara et se hissa sur ses pieds, parvint à parer l'attaque de pointe du vieux samouraï. Le duel s'engagea : attaque, parade, attaque, parade. Matari se tenait à sa gauche, immobile, pâle à la lueur des chandelles.

Oboko réussit enfin à enfoncer son sabre dans le ventre du vieil homme, et il lui sembla que magie et chance avaient joué dans ce succès le même rôle que lorsque le geste d'Arashi l'avait désarmé. Il se retourna à temps pour voir Izzi heurter violemment le mur après avoir reçu un coup de poing brutal du seigneur Arishi. Il s'écroula au sol et ne bougea plus. Le seigneur Arishi, sans arme, fit deux grands pas en direction d'Oboko mais s'arrêta quand il vit le sabre ensanglanté qu'il tenait en main.

Le seigneur Arishi était à deux mètres d'Oboko, et à trois mètres d'un sabre qui gisait par terre, abandonné. Derrière lui, Izzi commença à secouer la tête en gémissant. Le vieux samouraï, allongé sur le côté, saignait abondamment, en silence, à la droite d'Oboko. Le jeune, un peu plus loin, hoquetait et se tordait de douleur. Le seigneur Arishi et Oboko se faisaient face, prêts à bondir.

« Non », dit Matari doucement.

Oboko, en nage, genoux pliés, n'avait plus peur. Ses yeux ne quittaient plus le seigneur Arishi.

« Ne bougez pas », chuchota-t-il.

Le seigneur Arishi ne bougeait pas. Izzi s'était remis à genoux et continuait à secouer la tête.

« Ne bougez pas », répéta-t-il.

Il ne voulait pas avoir à tuer le seigneur Arishi, mais il savait aussi que le samouraï, s'il retrouvait une arme, n'hésiterait pas à le tuer, lui. Il avait désarmé Oboko et Izzi sans difficulté, à chaque fois d'un seul tour de poignet, et il avait assommé Izzi d'un seul et immense coup de poing.

Izzi était désormais debout et retrouvait ses esprits. Il prit soudain la mesure de la situation et dégaina sa courte épée. Il avança lentement dans le dos du seigneur Arishi.

Oboko le voyait, mais ne comprenait pas ce qu'il avait l'intention de faire. Izzi, à peine un mètre derrière le samouraï, leva son épée ; Matari poussa un cri, Oboko écarquilla les yeux, et Arishi fit soudain un bond de côté tout en pivotant et en frappant à l'aveuglette derrière lui. Son bras heurta Izzi dans le ventre, et le poète, plié en deux, tomba à genoux. Arishi fit une rapide culbute et se remit sur ses pieds, mais Oboko s'était avancé et lui faisait face, en maintenant une distance de deux mètres entre eux.

Izzi se releva péniblement, pour la troisième fois, comme un comédien de foire qui ne cesse de tomber sur le séant. Il regarda autour de lui d'un air ahuri, puis il aperçut le seigneur Arishi, et la colère enflamma son regard.

« Non, Izzi ! s'écria Oboko quand il vit le poète avancer d'un pas décidé. Il n'a pas d'arme. Nous ne pouvons pas le tuer.

— Pas d'arme ? dit Izzi. Ce con, il n'est jamais désarmé.

— Nous ne pouvons pas le tuer », répéta Oboko.

Toujours ramassé sur lui-même, prêt à bondir, il observait intensément son adversaire. Le seigneur Arishi, très essoufflé, se redressa soudain et sembla enfin se détendre.

« Boko, Boko ! s'exclama Izzi en s'approchant de son ami. Il le faut ! S'il est vivant, nous risquons la mort.

— Nous ne pouvons pas le tuer, sauf s'il résiste », siffla Oboko, mâchoires serrées.

Izzi regarda Oboko et, tout à coup, éclata de rire - un rire étrange qui, dans cette grande salle éclairée par quelques rayons de lune et où agonisaient deux êtres humains, paraissait quasi hystérique.

« Par la panse du grand Bouddha ! dit Izzi en secouant la tête. Tu vas passer le reste de ta vie comme ça, raide comme une barre de fer ?

— Va chercher une corde, on va l'attacher, dit Oboko. Il nous servira d'otage. »

Izzi laissa son regard errer du samouraï, grand et serein, à Oboko, petit et tendu.

« Depuis quand les brebis prennent-elles les lions en otage ? demanda-t-il.

— Nous ne pouvons pas le tuer. »

Ils étaient tous quatre debout : Arishi, droit, souriant ; Izzi, le dos courbé, couvert de sang ; Oboko, tendu à se rompre ; Matari, seule, derrière eux.

« Je suis désolé, ma chère Matari, dit le seigneur Arishi. J'ai été retardé. »

Lentement, comme si elle flottait, Matari s'avança, passa sans le regarder près du cadavre du vieux samouraï, près d'Izzi et d'Oboko, près du jeune samouraï qui gisait silencieusement, et s'arrêta devant son mari. Elle le regarda longuement, et ses yeux s'emplirent de larmes.

« Pourquoi ne pas me laisser partir ? » demanda-t-elle enfin.

Le seigneur Arishi la regarda froidement.

« Ma décision est prise, dit-il.

— Je vous ai menti, j'ai essayé de m'enfuir, dit-elle d'un ton pressant. Pourquoi insistez-vous pour me tuer ?

— J'en ai fait le serment », répondit-il, le visage impassible.

Il avait repris son souffle et respirait calmement. Il paraissait croire qu'il avait suffisamment répondu à la question.

« Laissez-nous quitter ce temple en paix, implora-t-elle. Moi, j'irai vers le sud, et vous, vous rentrerez à Samika. »

Droit, impassible, aussi immobile qu'une statue, il répondit, inévitablement :

« Je suis lié par mon serment. »

Matari se tut. Elle regardait le seigneur Arishi, menton levé, tout son corps tendu vers lui comme si elle avait espéré le faire changer d'avis par sa seule attitude physique. Puis, soudain, ses épaules se détendirent. Enfin, après une trentaine de secondes, elle se tourna vers Oboko.

« Tuez-le », dit-elle.

Un lourd silence s'installa dans la grande salle. Le jeune samouraï avait cessé de respirer. Le seul bruit que l'on entendait était le vent, à l'extérieur, qui se glissait entre les sapins.

« Tuez-le », répéta-t-elle doucement.

Les yeux humides, le visage tourmenté, elle regardait Oboko d'un air implorant.

« Tue-le, renchérit Izzi, qui se tenait près d'Oboko, sa courte épée à la main, prêt à frapper.

— Non, dit Oboko. Va chercher une corde. »

Izzi se redressa.

Le seigneur Arishi se tourna vers sa femme.

« Je te remercie, Matari, dit-il, de m'avoir fait confiance. »

Elle regardait toujours Oboko.

« Si vous ne le tuez pas..., dit-elle, sans achever.

— Si tu ne me tues pas, Oboko, alors Matari mourra.

— Je ne veux plus de mort », dit Oboko.

Izzi se rendit auprès des chevaux, où se trouvaient les sacoches, puis, après quelques instants, il revint avec une corde. Épée à la main, il alla se placer derrière le seigneur Arishi.

« Mains derrière le dos, je vous prie », dit Oboko en s'adressant au samouraï.

Arishi obéit, et Izzi, la lame de l'épée entre les dents, lui attacha les mains.

« Je ne voudrais pas vous démoraliser, dit le seigneur Arishi. Mais il vous paraîtra peut-être intéressant d'apprendre qu'une troupe de mes meilleurs cavaliers doit se mettre en route dès que la neige aura complètement cessé de tomber – ce qui semble être le cas actuellement. »

Izzi serra un dernier nœud, puis il s'éloigna du samouraï, le bout non utilisé de la corde à la main.

Oboko, pour la première fois depuis plusieurs minutes, sembla enfin se détendre.

« Vous êtes maintenant notre otage », dit-il.

Le seigneur Arishi éclata de rire.

« Tu es un sot, dit-il. Tu devrais me tuer.

— Vous êtes notre otage », répéta Oboko.

Le seigneur Arishi laissa son regard errer lentement d'Oboko à Matari, puis de Matari à Oboko.

« Et vous, dit-il, vous êtes mes prisonniers. »

Deuxième partie

La Chasse

Le lièvre noir saute et fuit,
Car mon cheval le pourchasse.
Il court, esquive et bondit,
Il échappe à la morsure
De ma flèche. Il court, se cache,
Pelage noir, terre noire,
Et j'exulte, je jubile.
Chaque saut me réjouit,
Chaque bond, chaque cachette,
Et ma joie sera sans fin
Quand j'aurai entre les mains
La bête capturée, morte.

Poème attribué au seigneur Arishi.

Chapitre VIII

Trois chevaux avançaient péniblement à travers les épaisses congères de neige qui encombraient le sentier menant au sommet du col de Kybo. La lune, en son premier quartier, était suspendue au-dessus d'eux comme une guillotine argentée. Depuis son départ, deux heures avant l'aube, le groupe ne s'était arrêté qu'une seule fois, à quelques centaines de mètres du temple, sur une hauteur ; de là, on pouvait voir le sentier qui montait de Samika, illuminé par une longue série sinueuse de points de lumière : les torches des cavaliers du seigneur Arishi. Il était impossible de dire à quelle distance ils se trouvaient exactement.

Oboko et Matari, qui étaient les moins lourds, chevauchaient ensemble à l'avant, sur le grand étalon noir. Le seigneur Arishi suivait, les mains désormais liées devant lui pour pouvoir tenir les rênes, sur la jument blanche. Izzi, monté sur le hongre gris que l'on avait attaché à la jument d'Arishi, fermait la marche, pestant contre la lenteur d'Oboko et regardant sans cesse derrière lui parce qu'il s'attendait à tout moment à voir les vastes étendues sauvages éclairées par la lune se remplir de leurs poursuivants.

Avant de partir, Oboko et Izzi avaient lavé, étanché et pansé leurs blessures. Le sabre du seigneur Arishi avait ouvert une plaie, longue de quinze centimètres et profonde de plus d'un centimètre, sur le flanc gauche d'Oboko, au bas de la cage thoracique. Il l'avait lavée avec une de ses chemises, qu'il avait mise en charpie, et avait ensuite appliqué une pommade à base d'herbes qu'il avait toujours avec lui. Il avait attaché le pansement avec une écharpe que lui avait donnée Matari. Les blessures d'Izzi n'étaient en somme qu'une collection d'ecchymoses et de meurtrissures, mais il déclara qu'il avait l'impression que toutes les blessures qu'il avait subies au cours de son existence avaient simultanément reparu.

Matari s'était affairée à laver, tant que faire se pouvait, les plaies du vieux samouraï. La pointe de l'épée d'Oboko lui avait traversé l'abdomen de part en part, mais le vieil homme n'était pas mort. Il pouvait boire un peu d'eau sans trop souffrir. Tandis qu'elle se penchait sur lui, Oboko la regarda : on ne voyait sur son visage nulle colère, nulle haine, mais une expression de bienveillance et de pitié.

« Tu vas vivre, vénérable maître », dit-elle.

Le vieux samouraï la regarda dans les yeux un instant, puis il se détourna.

« Le destin seul décide de notre vie et de notre mort », murmura-t-il.

Ses yeux ne se posèrent plus sur elle.

Ils le laissèrent près du feu avec assez d'eau, de fruits et de galettes de riz pour un jour. Puis, Matari ayant regroupé tous ses vêtements et ses bijoux en une seule sacoche, ils aidèrent Izzi à enterrer le jeune samouraï. Mais, une fois dehors, dans la neige éclairée par la lune, alors que le seigneur s'agenouillait auprès de la dépouille paisible et apparemment indemne du jeune homme, Izzi proposa de ne pas l'enterrer, parce que les cavaliers d'Arishi seraient obligés de s'en occuper avant de repartir.

Le seigneur Arishi se releva, avec sur le visage la même expression tourmentée qu'il avait eue quand Matari était apparue au bout du couloir. Ils placèrent le corps du jeune guerrier devant la porte du temple, pour montrer ostensiblement qu'ils s'y étaient arrêtés, puis ils montèrent à cheval et partirent.

La nuit était particulièrement claire. Ils ne suivaient pas vraiment le sentier en avançant vers le sud, mais se fiaient plutôt au vague sillon qui apparaissait entre les rochers et les quelques rares sapins, témoins endeuillés de leur passage. Repliés sur eux-mêmes pour se protéger du vent, ils avançaient l'un derrière l'autre, comme des prisonniers que l'on mène au gibet.

Un soleil froid et blanchâtre apparut enfin à l'est, au-dessus des sommets. Environ une heure plus tard, ils parvinrent au point culminant d'un plateau inégal. Quand ils l'auraient traversé du nord au sud, suivant une pente légèrement descendante, le terrain s'abaisserait brusquement jusqu'à la mer et leur destination, la ville de Lissa, où Matari pourrait se réfugier. Ce trajet exigeait normalement une journée de cheval au galop, mais la neige était profonde et les ralentissait ; il leur en faudrait au moins deux. Le seigneur Arishi ne tentait aucunement de les retarder, mais le cheval noir, avec ses deux cavaliers, avançait avec peine. Au moins une fois par heure, l'étalon s'embourbait dans une congère et Oboko et Matari devaient mettre pied à terre pour le remettre sur le sentier, tandis qu'Arishi grommelait comme s'il se plaignait de leur incompétence.

La troisième fois que cela se produisit, Matari proposa doucement qu'ils changent de place : Oboko devant ; elle, assise derrière lui. Quand elle l'entoura de ses bras et enfonça ses mains sous sa cape, Oboko fut vivement conscient de la pression qu'elle exerçait sur lui. Mais il se raisonna, se dit qu'elle avait choisi cette position pour se tenir au chaud et éviter de tomber, et, bientôt, il put se détendre et il cessa d'y penser.

Plus tard, l'étalon s'enfonça une fois de plus dans une congère et trébucha. Ses deux passagers furent projetés, par-dessus l'encolure, dans la douceur inattendue de la neige. Matari éclata de rire. Ses longs cheveux noirs, l'écharpe qui les retenait étant tombée, s'épandirent comme une tache d'encre sur la neige. Oboko aussi souriait joyeusement, quand il leva les yeux et vit le seigneur Arishi qui le regardait, impassible, du haut de son cheval.

La matinée fut lumineuse. Ils chevauchaient en silence sur les crêtes, dans les ravins, admirant au passage d'impressionnantes formations rocheuses festonnées de neige, suivant un chemin sinueux qui les menait à peu près – c'était ce qu'espéraient Oboko et Izzi – vers le sud. À un moment, ils se retrouvèrent face à une falaise et durent rebrousser chemin. Le seigneur Arishi, une expression presque folle dans les yeux, grommela à nouveau en se plaignant de leur stupidité. Et deux fois, ils aperçurent leurs poursuivants ; un peu avant midi, ils virent derrière eux des cavaliers parvenus au point culminant du col – ils purent en déduire qu'ils avaient environ trois heures d'avance. Deux heures plus tard, Oboko remarqua brièvement deux cavaliers, juste avant qu'ils ne disparaissent derrière une saillie. Ils étaient beaucoup plus proches.

Quand ils faisaient une pause, pour se reposer ou donner à manger aux chevaux, ils paraissaient tous les quatre transis. Était-ce le manque de sommeil, se demandait Oboko, la fatigue de cette longue chevauchée, le sentiment hébété que les événements les dépassaient et que tout allait trop vite ? Même l'homme le plus sage n'aurait sans doute pas su se tirer de ce mauvais pas sans provoquer de catastrophe. Les pauses s'écoulaient donc toutes en silence jusqu'au moment où, un par un, ils remontaient en selle et repartaient. Deux fois, à une fourche du sentier, Izzi donna à Oboko le bout de la corde qui était rattachée au cheval du seigneur Arishi et engagea le hongre sur la mauvaise voie afin de créer une fausse piste et ralentir leurs poursuivants. Mais après la deuxième tentative, Izzi décida que cela était trop fatigant, et que tous ces efforts n'auraient sans doute que peu d'effets. Au cours de l'après-midi, de lourds nuages remontèrent la vallée en provenance de la mer. En moins de deux heures, le ciel fut complètement couvert. Pendant la nuit, se dirent-ils, l'obscurité serait si totale, si absolue, qu'il leur serait probablement impossible d'avancer sans lumière, ou alors avec une extrême lenteur, tandis que les samouraïs lancés à leur poursuite n'hésiteraient pas à allumer des torches.

Une heure environ avant le coucher du soleil, ils atteignirent un nouveau point culminant. Les trois chevaux s'arrêtèrent l'un à côté de l'autre, haletants. Les trois cavaliers tournèrent leur regard vers le sud, vers le plateau couvert de neige, parsemé ici et là de rochers proéminents battus par les vents ; à l'horizon, au-delà d'une ultime crête dénudée, commençaient la vallée déjà verdissante de Lissa et la route qui les mènerait, si les dieux le voulaient bien, jusqu'à la mer.

« Quand il n'y aura plus de neige, dit Oboko d'une voix faible, nous pourrons atteindre Lissa, de jour, en moins de huit heures. »

Izzi buvait à grands traits à l'une des outres de vin. Il regardait à sa gauche.

« Cela prendra plus de temps, dit le seigneur Arishi, si vous devez éviter les flèches qu'on vous tire dans le dos. »

Son cheval était entre les deux autres, mais il regardait droit devant lui, impassible.

Izzi finit de boire, se pencha sur sa selle et s'adressa, au-delà du prisonnier, à Oboko et Matari :

« Là-haut, dit-il en désignant une hauteur à une trentaine de mètres à la gauche du sentier. L'endroit est parfait pour voir venir ces sombres crétins. La vue est dégagée sur près d'une lieue, et s'ils continuent leur poursuite cette nuit, ils devront porter des torches.

— Et quelle est ton intention ? Leur offrir à dîner ? » ricana le seigneur Arishi.

Il n'avait même pas pris la peine de se tourner pour voir le lieu qu'indiquait Izzi.

Le poète but à nouveau.

« Non, répondit-il. Mais s'ils sont tous aussi lamentables que vous, ils seront probablement tous ivres. »

La plaisanterie n'amusa pas le seigneur Arishi.

« Alors, déclara-t-il, dites à vos compagnons ce qu'ils devraient faire pour les empêcher de vous rattraper.

— Nous allons maquiller nos traces d'ici jusqu'à notre campement, dit Oboko, et créer une fausse piste qui partira d'ici et ira dans une autre direction.

— Le soleil va se coucher dans une heure, à peu près, dit Izzi en regardant, yeux plissés, l'horizon devant eux. Je vais aller jusqu'à cette petite éminence avec mon cheval et créer quelques fausses pistes dans plusieurs directions, puis je reviendrai...

— Non, l'interrompit Matari. Nous risquerions d'être bloqués. Il faut faire un cercle.

— Un cercle ? Pourquoi ? demanda Izzi.

— S'ils s'arrêtent quelque part pour la nuit, il ne faut pas que ce soit au sud de notre camp.

— Mais où, ce cercle ? demanda Oboko, la tête tournée pour regarder Matari, dont les yeux fixaient un point au-dessus de son épaule.

— Ce qu'elle veut dire, dit le seigneur Arashi d'un ton irrité, c'est que tu dois faire une fausse piste qui s'éloigne en demi-lune vers la droite à partir d'ici, qui s'infléchit en direction de l'éminence, la traverse de droite à gauche puis continue son arc de cercle vers la gauche, en direction de l'endroit où vous allez monter votre camp, disons... là-bas. »

Il indiquait de la main un lieu se trouvant devant eux, légèrement vers la gauche.

« De ce côté, dit doucement Matari, pointant par-dessus l'épaule gauche d'Oboko. Quand vous arriverez à la fin de votre demi-cercle, mettez pied à terre et essayez de cacher vos traces sur les dix ou quinze derniers mètres. Si vous le faites bien, ils auront l'impression d'être arrivés à une impasse. »

Oboko et Izzi réfléchissaient en silence à cette stratégie.

« Je ne savais pas que dame Arishi était elle-même un samouraï », dit Izzi, un grand sourire aux lèvres, avant de boire une fois de plus à son outre.

« Mon mari... », commença Matari, puis elle se tut.

Le silence qui suivit parut très lourd à Oboko. Il se pencha vers Izzi et demanda :

« Tu veux que je le fasse ? »

Izzi replaça son outre de vin dans une sacoche, jeta un bref coup d'œil à Oboko, puis mit son hongre au pas.

« Non, merci, dit-il sans se retourner. Je m'en occupe. Pendant ce temps, écoute bien les Arishi, ils vont t'expliquer comment on établit un camp. »

Oboko crut entendre Izzi rire.

Il fit signe au seigneur Arishi de commencer à monter la colline qui menait à la crête au-delà de laquelle ils allaient installer leur campement. Étant hors du sentier, le chemin était ardu et accidenté, mais après une trentaine de mètres, ils passèrent entre deux énormes rochers et atteignirent un espace à peu près circulaire, au sol relativement égal, entouré de presque tous les côtés par de grands rocs.

Matari et Oboko descendirent de leur cheval. Elle mena l'étalon jusqu'à un pin malingre qui poussait entre les pierres et l'y attacha tandis qu'Oboko détachait les pieds du seigneur Arishi, qui étaient retenus aux étriers par des cordes. Il tira ensuite son épée et demanda au prisonnier de mettre pied à terre. Matari, qui était revenue, détacha le bout de la corde qui liait son mari aux rênes, sans jamais lever les yeux pour le regarder. Oboko ordonna que les mains du seigneur Arishi restent nouées.

« Nous allons maintenant vous attacher contre cet arbre », lui dit Oboko en désignant un autre petit pin, à sa droite.

Le seigneur Arishi demeurait calmement immobile.

« Il semble que mon destin, dit-il, me condamne à passer un temps infini, mains attachées, à regarder la pointe de ton épée.

— Il faut y voir une marque de respect », répliqua Oboko.

Il demanda à Matari d'aller chercher une autre corde dans les sacoches de l'étalon.

« Ne pourrais-tu pas me respecter plus confortablement ? demanda le seigneur Arishi.

— Vous serez attaché à cet arbre, et vos pieds seront noués. Mais nous nous efforcerons de bien vous traiter. »

L'expression railleuse du seigneur Arishi devint soudain glaciale.

« Je refuse cette humiliation », dit-il.

Il était pâle et n'avait toujours pas bougé.

« Il est hors de question que vous puissiez vous enfuir, dit Oboko. Vous allez être attaché à cet arbre.

— Non, déclara Arishi. Cela suffit. Pas devant..., ajouta-t-il doucement, en inclinant légèrement la tête vers la droite.

— Vous ferez ce que mon épée vous ordonne de faire.

— Non, dit-il, fermement, mais sur un ton presque détendu. Non. Je préfère mourir. »

Oboko resta interdit.

« Vous préférez mourir plutôt que d'être attaché ? demanda-t-il, incrédule.

— Je ne serai pas réduit en esclavage. »

Oboko haussa les épaules.

« Allez vous asseoir au pied de cet arbre, commanda-t-il.

— Non, répliqua doucement le seigneur Arishi. Détache-moi. »

Oboko leva son épée et attendit, prêt à tout. Matari revint avec la corde.

« Que se passe-t-il ? demanda-t-elle.

— Oboko se prépare à couper mes liens, dit le seigneur Arishi. Ou à me tuer. Il n'a pas encore pris sa décision.

— Vous détacher ?

— Oui. J'ai envie de faire un bonhomme de neige.

— Oboko..., dit Matari d'un ton hésitant.

— Je peux vous détacher, dit lentement Oboko, si vous me promettez sur votre honneur de ne pas essayer de vous enfuir ou de faire du mal à l'un de nous trois.

— Je vois, dit le seigneur Arishi. Et quel intérêt aurais-je à vous faire une si triste promesse ? »

Oboko se demandait en effet de quels moyens de coercition il disposait.

« Si vous n'obéissez pas, balbutia-t-il, ou si vous ne promettez pas, je... je n'aurai pas le choix, je devrai vous tuer.

— Je croyais que tu refusais de tuer ? »

Oboko ne répondit pas. Il était toujours en position d'attaque, et voyait Matari du coin de l'œil, à quelques pas de lui, qui observait les deux hommes à tour de rôle, incertaine. Oserait-il tuer le seigneur Arishi, alors que celui-ci était désarmé ? Devant elle ? Tout cela était absurde. Oboko avait un fort sentiment d'absurdité, comme s'ils avaient tous été les personnages d'une farce écrite par... un poète de cour.

« Allez vous asseoir au pied de cet arbre », dit-il.

Le seigneur Arishi se tenait droit, immobile, à l'endroit même où il était descendu de cheval. Il souriait.

« Tu es jeune, Oboko, et tu es sot, dit-il. Pourquoi te retrouves-tu dans une situation aussi déplorable ?

— Je suis jeune, dit Oboko, et je suis sot, voilà pourquoi. Allez vous asseoir.

— Oboko..., commença Matari.

— Et ma promesse ? l'interrompit le seigneur Arashi. Si je promets de ne pas m'enfuir et de ne pas vous faire de mal, cela suffira ? »

Oboko le regarda attentivement, sans répondre. Instinctivement, il aurait répondu : « Non. »

« Ma femme, dit le seigneur Arishi à Matari en la regardant avec des yeux railleurs, à demi fermés, dis-lui. Conseille-le. Si je donne ma parole, peut-on me faire confiance ? »

Oboko dirigea ses yeux vers elle. Matari pivota lentement sur elle-même, et quand elle tourna entièrement le dos à son mari, elle dit doucement, le regard dans le vide : « Oui. »

Oboko hésitait encore.

« Oui, reprit-elle. S'il promet, il affrontera tous les démons de l'enfer avant de violer sa promesse.

— Vous vous rendez compte ? s'exclama le seigneur Arishi. Un homme qui serait fidèle à sa parole !

— Alors, je vous écoute », dit Oboko.

Le samouraï sourit.

« Moi, seigneur Arishi, commença-t-il d'un ton monotone, un sourire narquois aux lèvres, je promets solennellement, mais à contrecœur, de ne pas chercher à m'enfuir, ni de faire de mal à qui que ce soit, même si je ne suis pas attaché ou surveillé. Je tiendrai cette promesse jusqu'à... jusqu'à ce que nous voyions pour la première fois des cerisiers chargés des fleurs blanches du printemps. »

Il paraissait exagérément satisfait de lui-même, comme s'il s'était montré particulièrement spirituel.

Oboko considéra un moment ce sourire du seigneur Arishi, qui semblait si peu correspondre à son caractère ; il jeta un coup d'œil à Matari, qui, les yeux toujours perdus dans le vide, affectait une expression neutre. Il se détendit et remit son épée dans son fourreau. Il s'avança pour détacher les mains du seigneur Arishi puis, quand il eut terminé, il alla prendre la corde supplémentaire que tenait Matari et se dirigea à pas lents vers l'étalon noir. Il ressentait des piqûres tout le long de sa colonne vertébrale, et transpirait abondamment.

« La nourriture des chevaux se trouve dans la sacoche de droite, dit-il par-dessus son épaule, sans s'adresser à l'un ou l'autre de ses compagnons en particulier.

— Va me chercher à boire », commanda le seigneur Arishi à Matari.

Mais quand Oboko atteignit le cheval et jeta un bref coup d'œil derrière lui, il vit qu'elle n'avait pas bougé et tournait toujours le dos à son mari. Sans lui répondre, elle se mit à marcher lentement dans la neige en direction d'Oboko. Arishi se frottait les poignets tout en la regardant ; il cracha dans la neige piétinée où elle se tenait un instant auparavant, puis décocha à Oboko un regard glacial avant de se diriger vers sa jument et de commencer à défaire ses bagages.

Chapitre IX

Au cours des dix minutes qui suivirent, Oboko et Matari bouchonnèrent en silence les deux chevaux, leur donnèrent à manger, sortirent les sacs de nourriture, les couvertures et les bûches qu'ils avaient apportés depuis le temple. Les nuages étaient trop épais pour qu'ils puissent déterminer avec exactitude si le soleil était déjà couché, mais, s'il regardait vers le sud, Oboko constatait que l'éminence vers laquelle Izzi devait se diriger n'était plus visible dans la demi-obscurité. Le seigneur Arishi commença à faire un feu au pied d'un grand rocher de façon à ce que, comme un vent soufflait du sud de façon assez constante, la fumée soit repoussée du côté opposé à celui où ils allaient dormir. Quand Oboko dit à Matari qu'il allait retourner à l'endroit où ils s'étaient détournés du sentier, pour effacer leurs traces, elle exigea de venir avec lui.

Péniblement, dans l'épaisse couche de neige, ils passèrent ensemble entre les deux énormes rochers, près du seigneur Arishi qui, le dos tourné, essayait patiemment d'enflammer des brindilles, redescendirent l'abrupte côte et revinrent jusqu'au sentier.

Oboko vit que la neige avait été piétinée sur une large surface à cet endroit. Il hésitait sur la marche à suivre. Matari, à quelques pas de lui, considéra la neige autour d'eux, puis elle se tourna vers le nord.

« Il serait peut-être préférable de tout laisser comme ça, dit Oboko. Cela donne l'impression que nous nous sommes simplement arrêtés quelques instants avant de continuer. »

Il revint en arrière, en direction du camp. Matari le suivit. Il commença à étaler la neige juste à la droite du sentier, mais elle lui fit signe d'arrêter.

« Pourquoi ne pas laisser la neige piétinée, là, à gauche, sur trois ou quatre mètres ? Ça paraîtrait plus naturel. »

Oboko, qui pensait à ce qu'avait dit Izzi en partant, ne put s'empêcher de sourire.

« D'accord », dit-il.

Ils se déplacèrent de quelques mètres et se mirent à déposer de la neige et à l'étaler pour couvrir les traces. C'était un travail fastidieux : prendre de la neige à pleines poignées, ou la pousser avec les bras, pour ensuite en façonner la surface. Les flocons étaient légers et poudreux, il était donc assez facile de donner l'impression d'un espace que les sabots des deux chevaux n'avaient pas touché. Le travail donnait chaud à Oboko, encore que ses mains fussent gelées. Il décida que cela ne valait pas la peine de recouvrir les trente mètres entiers qui séparaient le camp du sentier ; dix ou quinze mètres suffiraient. Dans l'obscurité, les torches de leurs poursuivants n'éclaireraient pas au-delà. Il paraissait par ailleurs peu probable que les samouraïs, fatigués d'avoir cherché depuis des heures, aveuglés par la lueur des torches, remarquent les petites imperfections qu'auraient pu laisser Oboko et Matari.

Ils travaillaient ensemble, côte à côte, dans l'obscurité sans cesse plus profonde. Le sentiment d'absurdité qui avait presque submergé Oboko au moment où le seigneur Arishi était descendu de cheval avait disparu. Il était occupé à sculpter avec soin une surface neigeuse, auprès d'une dame de l'aristocratie d'une grande beauté, afin d'éviter d'être coupé en deux par le sabre d'un samouraï qu'il ne connaissait pas et n'avait jamais voulu connaître, mais, étrangement, tout cela lui semblait naturel, charmant, comme lorsqu'il était petit garçon et qu'il jouait avec sa grande sœur. Une fois ou deux, il s'amusa à lécher la neige pour laisser les flocons fondre sur sa langue. Il vit Matari l'imiter ; ils se regardèrent et sourirent, puis détournèrent les yeux.

À leur retour au camp, l'obscurité était presque complète. Le seigneur Arishi avait allumé un petit feu ; assis en tailleur sur une couverture, il buvait du saké dans une outre. Ils passèrent près de lui et s'accroupirent, tendirent leurs mains glacées pour les réchauffer au-dessus des flammes. Il ne fit aucun geste et continua à regarder fixement, froidement le feu.

Oboko remplit une petite théière de neige et la posa dans les braises tandis que Matari étendait une seconde couverture sur la neige, à quelques pas de son mari. En attendant que l'eau soit chaude, Oboko s'assit sur la couverture et tendit à nouveau les mains pour les réchauffer.

Personne ne dit un mot. Matari alla chercher une galette de riz et quelques morceaux de poisson séché qu'elle déposa devant les deux hommes ; elle posa entre eux un pot d'olives et donna à Oboko une deuxième outre de vin. Elle resta ensuite debout, entre eux, silencieuse. Immobiles, taciturnes, les deux hommes ne firent pas un geste pour manger ce qu'elle avait apporté et regardaient obstinément le feu.

Oboko se demandait s'ils allaient rester pour toujours dans cette position. Assis à la pointe de ce pénible triangle, il n'osait pas commencer à manger si Matari ne mangeait pas aussi, mais il n'osait pas non plus lui dire devant le seigneur Arishi de s'asseoir auprès de lui. Il avait l'impression d'être à la fois le geôlier d'Arishi et son bouffon ; d'être à la fois son sauveur et son servile laquais. L'indécision le paralysait. Le seigneur Arishi semblait déterminé à ignorer complètement la présence de sa femme, et elle, Oboko ne savait pourquoi, refusait de se joindre à eux. C'était absurde. Oboko aurait voulu crier.

Après un moment qui parut durer au moins cinq minutes, le seigneur Arishi rompit la glace. Il tendit la main et porta la galette de riz à sa bouche. Il mâcha bruyamment sa première bouchée, avala, puis se tourna enfin vers Oboko.

« Normalement, tu aurais mangé à la cuisine avec les domestiques », dit-il d'un ton sarcastique.

Oboko se leva d'un bond, peinant à contenir sa colère.

« Matari, je vous en prie, dit-il en se tournant vers elle. Dame Arishi. »

Il bafouillait, n'arrivait pas bien à prononcer son nom, parce qu'elle le regardait avec un mépris si absolu qu'il se crut immédiatement condamné à l'insignifiance éternelle.

« Je vous en prie, reprit-il, venez... venez vous asseoir auprès du feu et vous réchauffer. Je vais vous apporter à manger.

— Apporte-moi des fruits séchés, pendant que tu y es, servante, dit paresseusement le seigneur Arishi tout en mâchant sa galette de riz.

— Je vous en prie, asseyez-vous », répéta Oboko.

À pas rapides, il retourna au rocher plat sur lequel on avait posé la nourriture. Il mit sur une assiette une galette, du poisson séché, des abricots secs et revint auprès de Matari. Les deux époux, entre-temps, n'avaient pas bougé, n'avaient pas dit un mot ; le mari regardait fixement le feu, la femme, l'obscurité toujours plus profonde au nord de leur campement.

Oboko alla se placer directement devant Matari. Tout en étant horriblement conscient de la présence du seigneur Arishi à deux ou trois mètres, il lui dit, tout doucement :

« Pardonnez-moi, Matari. Pardonnez-nous. De notre grossièreté.

— Je veux des figues ! » aboya le seigneur Arishi.

Oboko esquissa le geste de se retourner pour les lui apporter, mais il s'interrompit et regarda les yeux froids de Matari. Ils se regardèrent mutuellement quelques instants, puis son visage se crispa de douleur. Elle ferma les yeux et tourna la tête.

« Mangeons », dit-elle.

Elle s'assit entre les deux hommes, et ils mangèrent en silence. L'obscurité était désormais totale. À un moment, Oboko se leva pour regarder vers le sud, d'où Izzi était censé arriver. Il cria, une fois, un « oh ! » bref et inquiet, mais il n'y eut pas de réponse. On n'y voyait pas à plus de dix mètres.

À la fin du repas, Matari prit la théière qui chauffait dans les cendres et se leva pour aller chercher trois gobelets. Elle revint, s'agenouilla, versa gracieusement le thé. Oboko pensa à maître Eno, qui aimait accomplir la cérémonie du thé avec ses disciples, au monastère de la baie de Nuni. Là aussi, le silence régnait, mais dans la sérénité et la bienveillance. Les disciples reconnaissaient l'autorité du maître, mais chacun était aussi conscient du lien qui l'attachait aux autres disciples. La tradition décrivait avec précision tous les gestes à faire, comment verser le thé, comment offrir la tasse, comment tenir la tasse, comment boire, à quelle vitesse, où placer la tasse sur le plancher de bois, comment s'asseoir. Toutes les décisions avaient déjà été prises, chaque geste devenait un acte de dévotion, l'exécution d'une œuvre d'art.

Mais ce soir-là, dans ces montagnes recouvertes de ténèbres, tandis que Matari versait le thé, sa robe blanche paraissait parfois rouge, parfois orange à la lueur du feu. Aucune autorité reconnue ne prévalait, aucun lien ne les attachait les uns aux autres, aucune tradition ne les guidait. Le silence, la tranquillité, la grâce de leurs mouvements, comme ceux du seigneur Arishi acceptant le gobelet qu'elle lui offrait en tremblant, ne résultaient pas d'une sérénité intérieure, mais d'une rigoureuse maîtrise de soi : ils luttaient contre un chaos aussi rouge, aussi imprévisible que les flammes qui dansaient sur la robe et le visage de Matari.

Quand ils eurent fini, quand ils eurent reposé leurs gobelets, ils regardèrent doucement les braises ardentes, les occasionnelles flammes blanches qui jaillissaient, et Oboko eut l'impression que l'acte même de boire le thé leur avait accordé la sérénité qu'ils auraient dû avoir avant même d'avoir commencé à le boire. Lui, en tous les cas, se sentait résolument, désespérément calme. Le seigneur Arishi s'éclaircit la gorge, et Oboko se tourna vers lui avec la délicate attention d'un hôte qui écoute un invité souhaitant parler de philosophie à la fin du repas. La faible lueur du feu jetait sur son visage sombre des mouchetures blanches. Il leva les yeux et, pour la première fois, il regarda directement sa femme.

« Eh bien, Matari, dit-il, on dirait que tu t'es fait de nouveaux amis. »

Précisément, pensa Oboko. Précisément.

Matari ne répondit pas.

« Izzi était censé devenir notre nouveau poète de cour », continua le seigneur Arishi.

Silence.

« Malheureusement... », dit-il - puis il fit une brève pause. « ... J'ai bien peur qu'il ait récité son dernier vers. »

Matari tenait son gobelet fermement entre ses mains, posées sur ses genoux, et regardait les braises.

« C'est un grand poète », dit Oboko quand le silence lui parut avoir duré trop longtemps.

Le seigneur Arishi l'ignora. Il se pencha vers sa femme :

« S'il utilise sa queue avec autant de maladresse qu'il manie le pinceau, lui dit-il, nous n'y perdons pas au change, vous en conviendrez. »

On ne peut pas contrôler le chaos. Oboko, choqué, furieux, regarda froidement le seigneur Arishi et dit :

« Ce que vous venez de dire est indigne de vous.

— Vraiment ? dit le seigneur Arishi, un sourire mauvais sur les lèvres. Ça peut arriver, malheureusement, quand on est marié à Matari.

— Faites-moi plaisir et taisez-vous, dit Oboko.

— Je n'ai pas fait vœu de silence.

— Ce n'est pas un ordre, c'est une demande.

— Tu t'améliores, c'est bien », railla le seigneur Arishi.

Il posa son gobelet par terre, près du feu, tendit le bras et s'empara d'une outre. Il but longuement, puis se tourna de nouveau vers Matari. Oboko remarqua qu'elle tremblait.

« Ah ! Oboko, dit-il en souriant. Je suis persuadé que tes poèmes valent mieux que ceux d'Izzi. Cependant, au pieu, j'ai bien peur que... »

Oboko se leva d'un bond et tira son épée.

Le sourire démoniaque d'Arishi semblait frissonner à la lueur des flammes. Il éclata de rire.

Soudain, on entendit un bruit et le hennissement d'un cheval, en provenance du sud. Oboko se tourna dans cette direction, cria le même « oh ! » que précédemment, puis, à pas lourds, il s'enfonça dans la neige et les ténèbres.

Deux minutes plus tard, Izzi les avait rejoints. Il était hors d'haleine, distribuait jurons et sourires. Il n'était pas encore arrivé auprès du feu qu'il buvait déjà goulûment à l'outre de vin qu'on lui avait offerte. Matari prit les rênes du cheval d'Izzi ; son regard croisa brièvement celui d'Oboko, mais elle ne dit rien, et mena la bête épuisée en tirant la bride.

« Par tous les enfers ! s'écria Izzi, qui se laissa tomber à la place d'Oboko devant le feu en secouant la tête. Ce terrain est puissamment merdique, que de grands étrons de rochers tous les trois pas !

— Tu as bien fait un cercle complet ? demanda Oboko en s'asseyant à ce qui avait été la place de Matari.

— Un cercle dessiné par un bouffon ivre mort, mais un cercle complet, oui, répondit-il. C'était long parce qu'il me fallait sans cesse revenir sur mes pas pour donner l'impression qu'il y avait trois chevaux. Et parce qu'il y avait partout ces putains de rochers.

— Ils ne seront pas dupes, dit le seigneur Arishi, qui avait les yeux fermés et appuyait son dos contre la neige qui s'était accumulée au pied d'un rocher.

— Peut-être pas, dit Izzi, mais ils devront quand même suivre la piste. Je m'y suis peut-être si mal pris qu'ils ne pourront décider s'il s'agit d'une fausse piste ou d'une fausse fausse piste. »

Il sourit gaiement et but à nouveau à longs traits. Le seigneur Arishi ouvrit les yeux, comme s'il cherchait à pénétrer ces subtilités, mais il les referma presque immédiatement.

« Mais... par le grand Bouddha ! s'exclama Izzi. Qui a détaché le seigneur Arishi ?

— Il a fait le serment de ne pas s'enfuir et de ne pas nous faire de mal », dit Oboko en tendant à Izzi un morceau de poisson séché auquel il n'avait pas touché.

Izzi en prit immédiatement une énorme bouchée, tout en laissant son regard aller d'Oboko au seigneur Arishi, qui s'appuyait nonchalamment contre le rocher, la deuxième outre de vin à la main.

« Et vous n'êtes pas morts ? s'enquit Izzi en fronçant les sourcils.

— Il semble que non, répondit Oboko.

— Et son grand sabre, il est où ?

— Toujours attaché à la selle de l'étalon noir.

— En fait, si on y réfléchit un peu, dit Izzi en commençant enfin à mâcher son poisson, il est certainement préférable que ce soit le seigneur Arishi qui garde le seigneur Arishi. Je lui fais plus confiance qu'à nous. »

Matari arriva et déposa devant lui un peu de nourriture, puis elle annonça doucement à Oboko qu'elle allait remonter sur la crête pour voir si l'on apercevait des lumières sur le sentier. Oboko commença à dire qu'il voulait l'accompagner, mais elle lui fit signe de se taire et s'éloigna lestement.

Izzi mangeait, mâchait, rongeait, avalait, crachait ; à sa gauche, Oboko et Arishi demeuraient immobiles et silencieux. Ils étaient tous épuisés ; de plus, Izzi et le samouraï buvaient sans discontinuer et ils étaient de plus en plus ivres. Dix minutes passèrent dans une immobilité presque totale. Le vent était tombé, et on n'entendait aucun autre bruit que le craquement du feu. Le seigneur Arishi, les yeux fermés, s'appuyait contre son rocher ; Izzi regardait le feu d'un air absent. Oboko s'était recroquevillé pour se réchauffer, et commençait à s'endormir. Dix autres minutes passèrent, puis Izzi cracha dans les flammes, qui accueillirent son offrande avec un léger sifflement.

« Je suis en train de devenir fou », dit-il.

Il regarda Oboko, couché à ses côtés, le seigneur Arishi, le dos contre le rocher enneigé.

« Je suis fou. »

Le seigneur Arishi ouvrit les yeux, les referma. Oboko bougea légèrement, comme s'il était dérangé par une démangeaison, mais il ne dit rien.

« Moi, Ushiwassa Kuru Izzi, poète officiel de la cour de Kyoto, nommé poète officiel de la glorieuse cour du seigneur Arishi de Samika, je déclare être assis sur la neige à boire du saké glacé, et fuir en toute célérité en dépit de ma vaste panse et ainsi m'éloigner sans cesse de la cité où m'attendent mes triomphes, en compagnie de mon maître le seigneur Arishi, lequel, au lieu de se préparer à déposer une couronne de laurier sur ma tête, se demande avec délectation en quel point de mon noble organisme il plongera son sabre.

— Pas du tout, dit le seigneur Arishi sans ouvrir les yeux. C'est décidé depuis longtemps.

— Et auprès de moi repose mon jeune ami Oboko, qui s'imagine sauver courageusement une damoiselle en détresse, du fait de sa haute conscience morale, alors que même le plus naïf des moines bouddhistes pourrait lui dire qu'en réalité ce charmant poète du vent se fait balayer de-ci de-là, poussé par le souffle rythmique d'une seule et unique respiration. »

Oboko s'agita, haussa les épaules : répondre, ou ne pas répondre ? D'une manière ou d'une autre, cela serait trahir la vérité. Il n'ouvrit pas les yeux.

« Quant à moi, continua Izzi en versant lentement du saké dans son gobelet, moi, l'homme sage et las que je suis... (il but tout le contenu de son gobelet) ... se contente de suivre. »

Le feu craqua. Le seigneur Arishi bougea légèrement une jambe.

« Tu peux partir quand tu veux, dit Oboko sans bouger.

— Oh ! oui, je devrais partir », grogna Izzi en crachant dans les flammes.

Ses yeux fatigués se posèrent brièvement sur Oboko, puis parcoururent l'obscurité nocturne qui les entourait.

« Et quand l'écheveau aura été entièrement dévidé, quand vous serez, toi et Matari, morts et enterrés, je pourrai revenir au galop à Samika, et prendre en toute quiétude ma place de poète à la cour du seigneur Arishi.

— Je vous accueillerai, dit le seigneur Arishi sans ouvrir les yeux, à cachots ouverts.

— Je serai le seul poète de toute l'histoire, continua Izzi comme s'il n'avait pas entendu l'interruption, qui n'aura écrit qu'un seul vers... (son visage s'éclaira d'un sourire moqueur, puis redevint mélancolique) ... qui n'aura écrit qu'un seul vers, d'une seule syllabe : "Aïe." »

Il eut un rire guttural si rauque, si profond, qu'on aurait cru qu'un objet coincé dans sa gorge le faisait râler.

Le seigneur Arishi se redressa et ouvrit les yeux. Il regarda dans la direction où était partie Matari. Ignorant Izzi, il dit à Oboko :

« Tu le sais sans doute, petit... Ils seront ici dans moins d'une heure.

— Peut-être, dit Oboko.

— Alors je vais commencer à écrire mon poème mortuaire, dit Izzi, qui n'avait pas cessé de regarder les ténèbres qui les entouraient. Après tout, ce sera difficile de le composer quand j'aurai eu la tête coupée.

— Et tu ne sais toujours pas ce que tu vas faire ? » demanda le seigneur Arishi à Oboko.

Le moine se mit péniblement en position assise et tendit sa main gauche vers les braises presque éteintes.

« Nous saurons à tout moment où ils se trouvent, dit-il, mais pour eux, nous serons les invisibles terreurs se cachant au sein des ténèbres.

— Et si je crie ?

— Alors, nous pourrons enfin vous tuer », répliqua Oboko.

« Le problème avec la Mort, dit Izzi comme s'il se parlait à lui-même à voix haute, c'est qu'on passe la moitié de sa vie à s'inquiéter de sa venue, mais quand Elle vient, Elle nous prend toujours par surprise. »

Il fronça les sourcils.

Le seigneur Arishi se pencha vers le feu.

« Et tu vas te battre ?

— Quand ils seront là, ils seront là, dit Oboko. On ne peut sentir le vent tant que le vent n'a pas soufflé. »

« Et la voilà, Elle s'approche de moi sans faire de bruit, continuait Izzi, les sourcils toujours froncés. Je n'ai rien à lui donner, pas de pot-de-vin qui la ferait repartir. »

« Malheureusement pour toi, reprit Arishi, mes hommes vont se déplacer en groupes. Tu ne pourras pas éviter de te faire prendre au piège.

— Peut-être », dit doucement Oboko.

« Je pourrais lui offrir mon honneur, mon amitié, disait encore Izzi sombrement. Mais j'ai un peu l'impression que ça ne sera pas suffisant. »

« Le plus simple, poursuivit Arishi, c'est de nous laisser ici, Matari et moi. Je vous ferai la promesse de ne pas vous pourchasser. Sinon, je n'aurai probablement pas le choix, et je devrai vous tuer tous.

— Certes.

— Ce serait dommage, dit le seigneur Arishi. Il est toujours difficile de trouver des poètes, même des poètes médiocres. »

Matari émergea de l'obscurité, apparaissant soudain entre Oboko et le seigneur Arishi. Izzi, toujours perdu dans ses pensées, ne remarqua pas son arrivée.

« Ils arrivent », dit-elle simplement.

Oboko et le seigneur Arishi se regardèrent.

« Il y a quinze minutes, j'ai pu voir une torche, reprit-elle d'une voix faible. Je n'en ai vu aucune autre. Ils... Elle avançait très lentement dans notre direction.

— Je vais aller monter la garde, dit Oboko en se levant rapidement.

— Non.

— Vous devez vous reposer, et je...

— Je ne veux pas être... ici », dit-elle.

Elle repartit, sans dire un mot de plus.

Cette fois, Oboko la suivit dans l'obscurité. Instinctivement, il mit la main sur le pommeau de son épée, bien qu'il sût que les samouraïs étaient encore loin. Il perdit Matari de vue dans le noir ; il chuchota son nom et l'entendit, quelques secondes plus tard, répondre : « Ici. » Il alla s'agenouiller dans la neige, qui devait bien avoir vingt ou trente centimètres d'épaisseur, tout juste à côté d'elle. Ils faisaient face au nord. Ou, à tout le moins, Oboko croyait faire face au nord. L'obscurité était totale et les enserrait de tous côtés.

« Le point lumineux apparaît et disparaît », dit Matari d'une voix étrange.

Oboko commençait à la distinguer très vaguement, car une très faible luminosité émanait du ciel.

« Matari..., commença-t-il, sa voix faible et sérieuse.

— Mon mari est un homme aveugle, jaloux, violent, cruel... »

Elle crachait pratiquement chacune de ces épithètes, mais elle cessa brusquement son énumération.

Dans l'obscurité, Oboko tendit la main vers la forme ambiguë de Matari devant lui - il ressentit une véritable secousse en touchant sa chevelure soyeuse. Il laissa sa main caresser une mèche noire, glisser contre son cou et se poser sur son épaule.

« Matari... », répéta-t-il.

Il se pencha vers elle pour la prendre dans ses bras, mais arrêta brusquement son geste : si elle acceptait qu'il la réconforte ainsi, comprit-il soudain, elle prouverait que son mari disait vrai. Il s'immobilisa ; il avait l'impression qu'il s'apprêtait à cueillir un fruit rare pour l'empêcher de pourrir, alors que l'acte même de le toucher risquait d'en provoquer la dégradation – ou prouverait que la pourriture avait déjà touché le fruit. Le corps d'Oboko ne bougeait pas, sa main, inerte, reposait toujours sur l'épaule de Matari.

Il se rendit compte qu'elle venait de parler :

« Les voilà ! »

Transi, vaguement conscient du fait qu'il était victime d'une immense injustice, il recula pour s'accroupir sur ses talons. Il retira sa main et fixa les ténèbres. Pendant quelques instants, il ne vit rien du tout. Puis, à gauche de la direction dans laquelle il regardait, il vit sautiller un point lumineux. Il aurait été incapable de dire à quelle distance il se trouvait – cinq mètres, cinq lieues. Immobile, il regardait intensément : le point lumineux se déplaçait très, très lentement, de gauche à droite, et, vraisemblablement, il se rapprochait de leur position.

« Vous dites qu'il est apparu il y a quinze minutes ? demanda-t-il.

— Oui. »

Il cessa un instant de penser à l'enchevêtrement de ses désirs et se concentra entièrement sur le petit point lumineux. Après environ une minute, s'il ne pouvait dire à quelle distance il se trouvait, il croyait néanmoins pouvoir estimer quand il serait proche.

« Matari, dit-il.

— Retournez au camp, tout de suite, dit-elle.

— Que devrais-je faire ?

— J'essaie de prendre une décision, répondit-elle d'une voix faible, tendue. Mais il n'y a que moi qui puisse décider. Retournez au camp. »

Il se leva à contrecœur et jeta un dernier coup d'œil au point lumineux. Cela paraissait si inoffensif, si lointain, comme une étoile anodine. Puis il pivota sur lui-même et entreprit de redescendre, à pas pesants dans la neige, pour rejoindre les autres.

Il s'assit devant le feu, à côté d'Izzi, qui, affalé sur le sol, regardait toujours les cendres fumantes.

« Ils seront là dans une quarantaine de minutes », dit Oboko après un moment.

Izzi ne bougea pas.

« On ne sait jamais quand Elle se trouve juste derrière nous », dit-il.

« Au moins une heure, peut-être plus, dit le seigneur Arishi, encore appuyé sur son rocher, un sourire aux lèvres. Ils doivent renouveler les torches régulièrement. Ils ne peuvent pas aller trop vite, au risque de ne pas voir une piste qui s'éloignerait du sentier principal... »

« Elle, dit Izzi en buvant du saké dans son gobelet, Elle n'a pas besoin de torche. Elle me suit depuis quarante ans, sans même avoir besoin d'ouvrir les yeux. »

« ... Bien entendu, s'il n'y a qu'une seule torche, reprit le seigneur Arishi, il n'y aura que deux ou trois samouraïs, tout au plus. Ils ne vous attaqueront pas cette nuit... »

« Et maintenant que la Mort approche, continuait Izzi, mon cœur se sent bien, mon estomac est guéri, même ma lèpre nécrosante a disparu. »

« ... Ils vont repérer l'emplacement de notre camp, dit le seigneur Arishi, et il sera impossible de nous enfuir vers le sud, cette nuit ou demain matin – du moins, pas sans quelques sabres qui nous chatouillent les épaules. Et il doit y en avoir une bonne douzaine d'autres qui arrivent aussi vite que possible... »

« Toute ma vie, continuait Izzi, les yeux sur le feu, j'ai cru qu'Elle viendrait se planter dans mon ventre ou empoisonner mon sang. Et que fait-Elle ? Elle vient me prendre par surprise, vêtue d'une robe de soie blanche. »

« ... Ensuite, demain, ils auront toute la journée pour se préparer, et ils vous empaleront au crépuscule, conclut le seigneur Arishi. »

Oboko remettait du bois dans le feu pour le ranimer. Il leva les yeux vers le visage fermé du seigneur Arishi.

« Cette éventualité vous fait plaisir, dit-il doucement.

— J'aime tout de la chasse, cette partie comme toutes les autres », répliqua le seigneur Arishi.

Izzi secoua vivement la tête comme s'il voulait en chasser les mauvais esprits, il cracha dans le feu puis se tourna brusquement vers Oboko.

« Nous devrions préparer une embuscade, et les tuer quand ils passeront près de nous », suggéra-t-il d'un ton sec.

Le seigneur Arishi éclata de rire.

« Noble idée, dit-il. Mais ce serait votre dernier coup d'éclat.

— Et pourquoi ? s'écria Izzi. Ils peuvent mourir, eux aussi, tout autant que moi.

— Ignoto sait très bien qu'on peut voir sa torche de loin, dit le seigneur Arishi, puis il éclata à nouveau de rire.

— Qu'est-ce qu'il y a de si drôle ?

— Tu me promets de ne le dire à personne ? » demanda le samouraï.

Les brindilles qu'Oboko venait de mettre sur les cendres s'enflammèrent, projetant sur le visage d'Arishi une lueur hésitante. Il affectait un air railleur.

« Quoi ? demanda Izzi d'un ton irrité.

— Une des tactiques d'Ignoto quand il chasse la nuit – et personne n'a jamais survécu, c'est donc un secret bien gardé –, une de ses tactiques consiste à placer un homme d'épée particulièrement habile une dizaine de mètres devant le cavalier qui porte la torche. Cet homme est capable de se déplacer, vous pouvez me croire, plus silencieusement qu'un flocon de neige qui fond sur la lame d'un sabre. Les proies, évidemment, s'attendent à ce que les samouraïs se trouvent derrière "l'appât" ; elles ont généralement reçu un coup d'épée dans le ventre avant même d'avoir l'honneur de voir le grand maître qui lui a porté le coup.

— Mais vous venez de révéler son secret, fit remarquer Izzi en fronçant les sourcils.

— Et alors ?

— Alors, nous allons leur tendre un guet-apens. »

Le seigneur Arishi poussa un soupir exagérément dramatique.

« Pauvres poètes, dit-il. Dans vos récits, vous imaginez toujours que deux héros, deux poètes dont les aptitudes au combat sont supérieures à celles de guerriers bien entraînés, peuvent tendre une embuscade à trois méchants soldats. Ils ne sont que trois, après tout. Eh bien, glorieux poète courtisan, ces trois hommes s'attendent à une embuscade, tous leurs sens sont en éveil, ils écoutent, flairent, sentent, perçoivent à l'aide de sens que je ne saurais même pas te décrire. Si tu t'approches à moins de cinq mètres de ce sentier, même si tu te donnes la mort et que ton cadavre gît dans la neige, ils te sentiront, te découvriront et - pour filer la métaphore jusqu'au bout - ils t'enterreront.

— Comment expliquer alors ce qui s'est passé avec vos deux grands samouraïs, hier, au temple ? » demanda Izzi en adressant au seigneur Arishi un sourire triomphant et agressif.

La lueur incertaine qui dansait dans les yeux d'Arishi s'éteignit. Une sorte de désespoir envahit fugacement son visage, puis il retrouva son air concentré et impassible.

« Ce qui s'est passé, c'est que j'ai commis hier soir la plus grave erreur de ma vie. »

Puis, après une brève pause :

« La deuxième plus grave erreur de ma vie.

— Pourquoi ?

— Lorsque je me suis lancé à la poursuite de Matari, je voulais la retrouver, la tuer et l'enterrer. »

Le seigneur Arishi ne regardait ni Izzi ni Oboko, mais un point derrière eux, dans les ténèbres.

« Je n'ai pas pris avec moi mes deux meilleurs guerriers, reprit-il, parce que cela aurait été déshonorant. J'ai plutôt choisi un vieux moine au service de ma famille et un jeune samouraï que je guidais moi-même sur la voie du guerrier.

— Le vieil homme n'était pas un guerrier ? demanda Oboko.

— Non. »

Son regard se posa une fraction de seconde sur le moine, puis retourna dans le vide.

« C'était un sage. Quand il était jeune, il s'était brièvement entraîné au tir à l'arc, mais la voie qui était la sienne était celle de la sagesse, et non celle du guerrier. »

Oboko et Izzi ne disaient rien. Le moine s'appuyait sur son coude et regardait fixement le seigneur Arishi. Une part de lui était consciente, en permanence, de la présence de Matari, là-haut, sur la crête, dans l'obscurité, et, plus loin encore, du petit point lumineux qui avançait sans cesse vers eux.

« Nous nous étions tous rendu compte que quelque chose n'allait pas, reprit le seigneur Arishi après quelques hésitations. Mais Izzi paraissait sincèrement ivre, et toi, Oboko, tu ne semblais être rien de plus que... qu'un inoffensif moine.

— J'étais ivre, dit vivement Izzi. Sincèrement. Si j'avais été sobre, vous ne m'auriez pas vu monté sur un étalon en train de charger des samouraïs hérissés de sabres.

— Vous avez tout de même, dit le seigneur Arishi, réussi, à vous deux, à nous vaincre, et toute la journée, assis sur ma jument, je me suis demandé comment cela avait pu arriver. »

Il y eut un long silence.

« Et ? demanda enfin Oboko.

— Je crois que j'ai commencé à croire à la chance », répondit le seigneur Arishi en souriant dans l'obscurité.

Izzi éclata de rire.

« C'est mon dieu préféré, s'écria-t-il en levant son gobelet.

— Et pourtant, non, dit Arishi en se renfrognant. Ce n'était pas de la chance. L'issue de notre petite bataille s'est décidée, comme cela est presque toujours le cas, quand le premier coup a été porté, c'est-à-dire quand Oboko a blessé Sudi et que son sabre lui a échappé. »

Oboko réfléchit un instant et analysa ses souvenirs du combat.

« Il s'est tourné pour regarder Izzi qui fonçait sur vous, dit-il. Il s'inquiétait pour lui et pour vous, alors que moi, je ne pensais qu'à moi. »

Il sourit.

« Oui, dit le seigneur Arishi en se renfrognant toujours plus. Je crois que tu as raison, petit. J'avais bien essayé de lui apprendre à être conscient de la totalité, et de ne jamais penser seulement aux différentes individualités. Il n'avait pas encore réussi à se détacher de lui-même, ou de moi... ou...

— C'est ce qui l'a tué », dit Oboko.

Le seigneur Arishi tressaillit légèrement en entendant ces mots.

« Et nos épées », ajouta Izzi en crachant dans les flammes.

Mais le seigneur continuait à parler, comme s'il n'avait pas entendu, comme s'il parlait tout seul, ou s'adressait aux ténèbres qui les entouraient :

« Je l'avais amené avec moi, parce que je voulais qu'il soit témoin..., dit le seigneur Arishi en tressaillant une seconde fois. Je voulais qu'il soit témoin de ce jugement, je voulais qu'il me voie décapiter ma femme. »

Oboko et Izzi ne dirent rien ; ils le regardaient : son visage était redevenu impassible, mais il semblait hésiter à parler, comme s'il livrait un immense combat intérieur. Chaque mot qu'il prononçait tombait dans l'air glacé de la nuit comme de lourdes pierres :

« Il... Comme beaucoup d'hommes de ma cour, il aimait Matari. D'un amour convenable. L'amour qui sied à la belle épouse d'un grand seigneur. »

Entre les paroles d'Arishi, on n'entendait que le frottement des branches de petits sapins et le sifflement presque continu du feu.

« Je voulais qu'il voie l'homme qu'il... qu'il aimait plus que tout... tuer... »

La bouche presque fermée, le seigneur Arishi semblait attendre patiemment que la puissance du langage vainque les forces du silence.

« ... Décapiter... la dame... qu'il aimait plus que tout. Je croyais pouvoir ainsi lui enseigner... »

Le visage du samouraï se tordit en un sourire hideux.

« ... lui enseigner le détachement. »

Ils le regardaient.

« Il *aimait*, voyez-vous, reprit le seigneur Arishi, un peu moins douloureusement. Il aimait trop. Avant tout, un samouraï se doit de n'aimer aucune créature, et surtout pas lui-même. Il doit accorder à tous un soin égal. S'il m'avait vu... décapiter ma femme... Cela l'aurait aidé. »

Le seigneur Arishi cessa enfin de regarder les ténèbres. Il baissa les yeux et regarda Oboko, qui paraissait troublé.

« Ainsi, parce qu'il s'inquiétait pour ma personne, dit Arishi, parce qu'il ne parvenait pas à être conscient de la totalité, Sudi n'a pas pu parer ton premier coup, et il a été désarmé. Le vieux moine se trouvait à l'extérieur, le combat a été plus difficile pour moi que je n'aurais pu l'anticiper.

— C'est la chance qui vous a vaincu, dit sobrement Izzi.

— Non, dit le seigneur Arishi. Même seul contre deux, j'aurais dû sortir vainqueur. J'ai aussi beaucoup réfléchi à cet échec. »

Il fit une pause.

« Et ? » demanda Oboko.

Le regard du samouraï se posa sur le feu. Il demeura longtemps silencieux.

« Moi aussi, j'aimais trop », murmura-t-il enfin.

Comme un spectre qui se serait matérialisé soudainement, Matari apparut sur la couverture posée sur la neige entre les deux poètes et le seigneur Arishi. Elle était assise, ses longs cheveux noirs s'épandant sur sa robe blanche.

Les deux poètes la regardaient de l'air de deux étudiants qui contemplent une statue religieuse au sujet de laquelle ils viennent d'entendre un exposé.

« La torche a changé de direction et a commencé à s'éloigner de nous, dit-elle en s'adressant à Oboko. Puis elle a disparu. Après cinq minutes, elle est réapparue, et maintenant elle a repris son approche.

— Devrions-nous étouffer le feu ? demanda Oboko à Izzi.

— Je ne crois pas, répondit-il. Le vent est faible, mais il souffle tout de même la fumée dans la direction opposée. Et ce feu ne se voit guère à plus de vingt mètres. Je l'ai constaté tout à l'heure, quand je suis revenu. »

« Matari... », dit le seigneur Arishi, sans lever les yeux, mais avec une expression douce, étrange, qu'Oboko n'avait jamais vue auparavant.

« Est-ce que je devrais aller préparer les chevaux ? » demanda la jeune femme.

« Matari... », répéta doucement Arishi.

À la lueur des flammes, son visage affectait un air qui semblait presque être de la béatitude.

« Laissons-les se reposer encore un peu, dit Izzi en commençant à se mettre debout. Ils vont peut-être bientôt s'arrêter pour la nuit. »

« Matari... », dit le seigneur Arishi une troisième fois.

Il avait cessé de fixer le feu, et la regardait directement.

Il y avait tant d'amour dans les yeux du samouraï qu'Oboko ne put s'empêcher d'en être peiné. Il s'apprêtait à bafouiller quelques paroles, mais le visage du seigneur Arishi se convulsa brusquement. Après un instant de douloureux silence, il se figea en un étrange, absurde sourire qui le défigurait.

« Laisse-moi ta tête », dit le seigneur Arishi, s'adressant à Matari.

Elle conserva son calme et regardait Oboko.

« Je crois que je vais aller un peu monter la garde », dit Izzi en se levant et en s'étirant.

Il s'éloigna à pas lourds, et les ténèbres l'engloutirent.

« Je veux ta tête », répéta Arishi, toujours souriant.

Matari se tenait droite et ne détournait pas son regard d'Oboko. Seuls ses sourcils frémissaient très légèrement.

« Juste ta tête, Matari, reprit le seigneur Arishi. Je ne te demande rien de plus. »

Il se penchait vers elle avec une certaine agressivité.

« Taisez-vous », dit sèchement Oboko.

Matari baissa les yeux et regarda le sol dénudé.

« Réponds-moi, Matari, dit Arishi comme si Oboko n'avait rien dit. Je veux ta bouche sur moi. »

Oboko se leva.

« Suffit ! s'écria-t-il.

— Vous n'interdisez tout de même pas les visites conjugales, dans votre prison ? demanda le seigneur Arishi avec un grand sourire.

— Allez-vous-en ! cria soudain Oboko. Allons. Partez. Laissez-nous. »

Le samouraï éclata d'un rire tonitruant.

« Vous laisser ? M'en aller ? Mais je ne peux pas. J'ai fait un serment solennel !

— Alors... Comportez-vous comme un grand seigneur le devrait », dit Oboko, furieux.

Il lui lançait des regards furibonds. Matari, tête inclinée, n'avait pas bougé. L'air railleur du seigneur Arishi disparut, et il parut soudain fort contrarié.

« Oui, bon », dit-il.

Il se détourna de Matari et d'Oboko tout en secouant nerveusement la tête de gauche à droite. Il ne souriait plus. Il demeura un certain temps immobile, l'air contrarié, secouant la tête, puis, avec une assurance étonnante au regard de tout ce qu'il avait bu, il se leva.

Il s'inclina poliment devant Oboko, jeta un bref coup d'œil à Matari – il sembla tressaillir très légèrement –, puis, en s'efforçant de garder son aplomb, il déclara qu'il allait dormir près des chevaux et disparut dans l'obscurité.

Oboko le regarda s'éloigner. Il baissa les yeux vers Matari et sentit sa colère s'apaiser.

« Il ne va pas essayer de s'enfuir ? demanda-t-il malgré lui.

— Non », répondit Matari d'une voix si faible qu'Oboko l'entendit à peine.

Il s'assit lourdement en tailleur, à quelques pas de la jeune femme. Matari leva les yeux vers lui et le regarda avec une froideur haineuse.

« Vous oubliez sans cesse, dit-elle, que nous sommes ses prisonniers, et non l'inverse. »

Oboko voulut regarder ses pieds, le feu, les ténèbres, mais il n'arrivait pas à se concentrer : tous ses sens étaient en éveil, mais ils ne percevaient rien d'autre que les énergies de cette personne qui se trouvait à deux pas sur sa gauche.

« Ce voyage que nous entreprenons, dit-elle. Je crois que c'est impossible.

— Oui, je sais, dit Oboko sans la regarder, c'est une longue chevauchée.

— Je la conchie, la chevauchée », s'écria Matari.

Ce mot obscène qui avait surgi parut aussi étrange à Oboko que si un crapaud était sorti tout droit de sa bouche.

« Je sais monter à cheval, reprit-elle, beaucoup mieux que vous ou Izzi. Vous seriez morts d'épuisement, alors que, moi, je pourrais continuer à chevaucher. Non. Je voulais parler du seigneur Arishi... avec nous.

— Oui, je sais », dit Oboko.

Leurs regards, enfin, se croisèrent. Son visage paraissait étonnamment calme.

« Nous ne pouvons pas le tuer, dit-elle. Je le sais. Mais est-ce que nous ne pourrions pas l'abandonner, laisser ses hommes le retrouver ?

— J'y ai pensé.

— Il le faut.

— Cependant... Quel est le but de notre voyage ? »

Matari le regarda, les yeux écarquillés. La colère y étincelait à nouveau.

« Vivre. Je veux vivre.

— Oui. Et si le seigneur Arishi est à la tête de ses hommes, nous n'arriverons jamais jusqu'à Lissa.

— Un homme peut-il à lui seul avoir une telle importance ? »

Oboko sourit.

« Vous le savez mieux que moi. »

Matari se rembrunit. Elle soutenait sans défaillir le regard d'Oboko. Elle réfléchit un instant.

« Oui, oui, je vois. Vous avez raison. »

Elle tendit la main, prit l'outre de saké et but.

« Il n'y a donc qu'une seule solution, dit-elle.

— Laquelle ? demanda Oboko.

— Je vais partir seule, tout de suite. »

Oboko voulut parler, mais elle ne lui en laissa pas la chance.

« Vous et Izzi resterez ici avec le seigneur Arishi. Quand le jour se lèvera, fuyez aussi vite que possible en direction de Lissa. Moi, j'irai vers le sud, mais en descendant la vallée, je tournerai vers l'est et je continuerai dans la direction opposée à Lissa. Quand les hommes du seigneur Arishi vous captureront - car ils vont vous capturer, c'est certain -, essayez de les retarder autant que possible, et dites que vous n'épargnerez le seigneur Arishi qu'en échange de la promesse de vous laisser partir. »

Elle fit une brève pause, en souriant avec froideur.

« Ils accepteront, reprit-elle. Le seigneur Arishi et ses hommes de main pourront se remettre en chasse en sachant qu'on ne les dérangera plus.

— Vous n'avez pas plus de chance de vous échapper que nous.

— Mes chances ne seront ni pires ni meilleures que si je reste avec vous, dans cette espèce d'état de folie collective. Mais vous et Izzi, vous vous en sortirez... peut-être. »

Ses traits s'adoucirent un peu.

« Il est impossible de partir maintenant, la nuit est trop noire.

— Tout est possible. Je me souviens que mon mari m'avait raconté que des hommes arrivent à traverser sans rien toucher une pièce plongée dans l'obscurité totale, et dans laquelle on a disposé au hasard des vases.

— Ces hommes sont des samouraïs, on les a entraînés. »

Matari éclata de rire.

« Moi aussi, je suis entraînée. J'ai des sens que vous et le seigneur Arishi ne possédez pas, que vous ne connaissez pas, dont vous ignorez même l'existence. »

Oboko sourit en secouant lentement la tête.

« Peu importe », reprit doucement Matari.

Oboko remarqua que cette femme farouche, obscène, confiante, avait les larmes aux yeux.

« Je pars, dès ce soir, seule. Peu importe ce que vous en pensez.

— Pourquoi pleurer, alors ? demanda doucement Oboko.

— Je pleure parce que je pars, ce soir. Seule.

— Mais...

— Et si je restais, je pleurerais aussi. Je pleure parce que j'ai envie de pleurer. »

Elle couvrit son visage de ses mains et pleura en s'efforçant d'étouffer ses sanglots.

Oboko s'approcha d'elle en marchant sur les genoux et lui mit la main sur l'épaule.

« Matari », dit-il.

Il pouvait sentir dans son corps toutes les petites convulsions, entendre les étranges et tristes reniflements, les petits gémissements que poussent toujours les êtres humains quand ils pleurent. Il l'attira contre lui. La soie noire de ses cheveux toucha sa joue, et son corps tout entier frémit, comme poignardé par une lame d'extase.

Ils restèrent une minute dans cette position. Ils se touchaient, ils tremblaient, Matari pleurait. Oboko sentait en lui le rugissement ambivalent du bonheur et du chagrin ; une énergie si puissante le traversait qu'il avait l'impression de pouvoir faire fondre la neige.

Puis Matari cessa de pleurer, le visage toujours plongé dans ses deux mains humides. Elle cessa de sangloter, de renifler, de gémir. Mais elle ne bougea pas. Et la joie compassionnée et sinistre qu'Oboko avait éprouvée tandis qu'elle pleurait se transforma, dès qu'il prit conscience de son immobilité, de son silence, en une angoisse douloureuse, extatique, terrifiante : elle était tout contre lui, pour l'instant, pour l'instant, pour l'instant...

« Je ne veux pas de malentendu, dit-elle enfin doucement. Ce soir, seule, je pars. Je suis humaine, et donc je pleure, parce que je sais comment tout cela finira. Et je suis Matari, donc je sais que ce soir, seule, je pars.

— Non, dit Oboko. Je ne te laisserai plus jamais seule. »

En disant ces mots, il ressentit une vague de certitude et de bonheur déferler en lui ; le monde plongé dans les ténèbres lui parut momentanément si clair, si brillant qu'il se demanda si le porteur d'une torche n'était pas arrivé.

Elle leva enfin les yeux pour le regarder. Elle vit son visage radieux, et regarda lentement à sa gauche puis à sa droite, comme si elle voulait chasser une douleur, comme si elle secouait la tête pour dire « non » avec une lenteur extrême. Des larmes jaillirent à nouveau dans ses yeux. Ils restèrent longtemps ainsi, les yeux dans les yeux. Oboko ne voyait que son amour, que son amoureuse ; Matari, plus âgée, voyait tout, voyait tout, et pleurait.

« Je t'aime, dit Oboko en un murmure triomphant.

— Non, Oboko, dit-elle avec difficulté et en secouant à nouveau lentement la tête, comme un poisson qui tente précautionneusement de se décrocher de l'hameçon. Non, je... »

Elle fut interrompue par le chuchotement empressé d'Izzi :

« Ils arrivent, ils sont presque là. »

Dérouté, Oboko regarda dans la direction d'où venait la voix de son compagnon.

« Qui ça ? demanda-t-il bêtement.

— Les hommes d'Arishi », répondit Izzi en chuchotant.

Il apparut soudain auprès du feu.

« Et il est où, Arishi ? » demanda-t-il.

Encore à demi immergé dans les ténèbres, il ressemblait, avec son corps petit et trapu et sa longue barbe noire, à un gnome.

« Arishi ? demanda Oboko, en regardant vaguement autour de lui.

— Par les étrons sacrés du grand Bouddha ! s'écria Izzi. De redoutables tueurs s'apprêtent à m'attaquer, et mes compagnons d'armes baignent dans le nirvana. » « Boko ! » ajouta-t-il sèchement en un cri étouffé.

Matari se leva rapidement et commença à ramasser outres, couvertures et gobelets. Oboko, toujours assis, la regardait.

« Je vais préparer les chevaux », dit-elle.

Elle courut, bras chargés, vers l'endroit où ils étaient attachés.

Izzi, face à Oboko de l'autre côté du feu, s'adressa à lui d'une voix douce et feutrée :

« Pauvre petit idiot d'Oboko. Quand le Bouddha place un somptueux repas devant toi dans l'intimité d'un temple, ce n'est pas le moment de décider que tu as faim. Et quand le même repas t'est offert, tout aussi somptueux, alors qu'un sabre commence à s'abattre sur l'assiette, toi, tu décides que... »

Izzi secoua la tête.

Oboko, l'air toujours aussi égaré, posa ses yeux sur lui.

« Je suis amoureux de Matari, dit-il, comme s'il vérifiait la véracité de cette affirmation.

— Nous le sommes tous », dit Izzi.

Il rit brièvement, presque une sorte de renâclement ; sa bouche se tordait comme sous l'effet d'une grande douleur.

« Mais je l'aime... d'un amour... pur », dit Oboko, toujours comme s'il voulait en vérifier la véracité.

Les yeux d'Izzi étaient humides, de rire ou de pleurer.

« Il n'y a rien de pire », soupira Izzi, avant d'ajouter : « Ah ! Mara, Mara, protège-le.

— Qu'est-ce que tu...

— Ta bouche cherche la même bouche, ta salive la même salive, ta bite va dans le même orifice. »

Oboko se leva.

« Ils arrivent ? demanda-t-il en secouant vivement la tête, comme s'il voulait la vider.

— Est-ce qu'ils arrivent ? s'exclama Izzi. Ils nous ont probablement déjà vus, ils nous entourent, ils vont nous tuer. Mais je crois bien que tu ne l'aurais même pas remarqué. »

Oboko caressa le manche de son épée, poussa du pied de la neige dans le feu pour en réduire la luminosité, puis il s'approcha doucement d'Izzi.

« Je crois... », commença-t-il, puis il s'arrêta brusquement. « Allons-y. »

Ils tournèrent le dos au feu, contournèrent le grand rocher. Izzi était devant, Oboko le suivait. Il éprouvait encore des frissons, son corps était tout en éveil, alors même que son esprit était engourdi. Ils traversèrent un espace où la neige avait été entièrement piétinée. Quelques secondes plus tard, ils arrivèrent au sommet de la petite crête. Ils regardèrent en direction du sentier.

Dans le noir, ils virent une torche brûler à moins de trente mètres vers l'ouest. Ils pouvaient deviner la silhouette d'un cheval et de son cavalier. Côte à côte, agenouillés dans la neige derrière un rocher, ils se dressèrent juste assez pour voir : l'homme qui portait la torche semblait se trouver exactement à l'endroit où Oboko et Matari avaient tenté de dissimuler la piste menant à leur campement.

La lumière ne bougeait plus. S'interposa alors la silhouette d'un second cavalier, dont le cheval remontait lentement la pente menant jusqu'à eux. D'un geste presque parfaitement synchronisé, Oboko et Izzi dégainèrent leurs épées. Le cavalier s'était éloigné de cinq ou six mètres du sentier, et avait déjà dépassé les quelques mètres qu'Oboko et Matari n'avaient délibérément pas dissimulés. La source de lumière se trouvant derrière lui, le cavalier paraissait entièrement noir. Il était impossible de discerner où il regardait. Il fit avancer son cheval de quatre ou cinq mètres dans leur direction. Il devait probablement commencer à voir, se dit Oboko, le sentier de neige piétinée menant à leur camp, qu'ils n'avaient pas pris la peine de couvrir. Il avança encore d'un ou deux mètres. Puis il s'arrêta.

Le cavalier, silencieux, éclairé à contre-jourpar la torche, à peine quinze ou vingt pas plus loin, aurait très bien pu être en train de les regarder directement ; il leur était impossible de dire s'il pouvait les voir, cachés derrière leur rocher. Quinze secondes passèrent, vingt, trente. Le cavalier, noire silhouette, restait absolument immobile. Puis, enfin, lentement, doucement, il fit tourner son cheval et le laissa rejoindre l'autre monture, celle dont le cavalier portait la torche. Ils venaient de se voir accorder un sursis.

« Par le Bouddha, murmura Izzi. J'ai eu sacrément peur !

— Il nous a vus, dit Oboko.

— S'il avait vu mon visage, il aurait compris qu'il n'avait qu'à me regarder fixement, et je serais tombé raide mort.

— Regarde », chuchota Oboko.

Le cavalier qui portait la torche s'était remis en marche, très lentement, vers le sud. Il suivait le sentier qu'Izzi avait créé et qui faisait le tour de l'éminence. Le cavalier noir, qui s'était trouvé derrière et à la droite de son compagnon, n'était plus visible. Il le suivait, vraisemblablement, à quelque distance.

La torche disparut derrière une hauteur, réapparut une trentaine de secondes plus tard, toujours sur le sentier d'Izzi.

« Combien de temps pour faire tout le sentier et arriver à notre camp ? demanda Oboko.

— Trente, quarante minutes, dit Izzi. Si c'est bien ce qu'ils sont en train de faire. »

L'obscurité était redevenue complète, la torche ayant disparu à nouveau. Oboko croyait que le cavalier noir ne les attendait sans doute pas sur le sentier : s'ils devaient les attaquer, ils le feraient tous ensemble.

« Tu crois qu'ils y sont tous allés ? demanda Izzi. Ou que le deuxième cavalier nous attend, en bas, sur le sentier, et qu'il attend juste que je ferme les yeux ?

— Je vais aller voir », dit Oboko.

Il commença à gravir le rocher derrière lequel ils s'étaient cachés, mais il sentit Izzi tirer un pan de sa cape. Il s'arrêta et se retourner pour le regarder - même s'il ne pouvait pas le voir dans le noir.

« Tu n'as pas besoin d'aller vers *Elle*, dit Izzi en un chuchotement rauque. Elle viendra à toi.

— Il faut savoir où ils sont, répondit vivement Oboko. Si l'un d'eux est là. S'ils restent ensemble, je les suivrai jusqu'à ce qu'ils décident de s'arrêter pour la nuit, ou jusqu'à ce qu'ils arrivent à notre camp par l'autre côté. »

Izzi demeura silencieux pendant quelques secondes.

« Très bien, dit-il enfin. Mais s'ils arrivent par l'autre côté, nous devrons partir de ce côté-ci. Si nous sommes encore vivants, donnons-nous rendez-vous là, au pied de l'éminence. »

Oboko regarda fixement son compagnon. Il réfléchissait. Puis il se retourna et recommença à escalader le rocher, puis, aussi silencieusement que possible, il se remit sur ses pieds et avança à tâtons dans l'obscurité, en direction du sentier. Il apercevait le point lumineux, loin vers sa gauche – trop loin pour qu'il puisse encore l'appeler une torche. Mais où se trouvait le cavalier noir ? Seul le Bouddha aurait pu le savoir.

Chapitre X

Oboko marchait dans la neige, non pas avec l'agilité d'un chat mais avec la balourdise d'un ourson. Il se cognait les jambes contre des rochers ; deux fois, il tomba dans la neige molle ; une fois, contre un rocher. Il se fit mal à l'avant-bras, qu'il avait levé par réflexe pour se protéger. Il arrivait cependant à se déplacer en silence, réprimant ses grognements de douleur. Il se dirigeait vers un endroit à droite de là où il avait aperçu le cavalier noir pour la dernière fois. Son but était d'essayer de rattraper le point de lumière qui s'éloignait, et de s'assurer en même temps qu'aucun samouraï n'était resté derrière. Il se rendit compte tout à coup que le seul moyen qu'il avait trouvé pour déterminer si le cavalier s'était dissimulé pour lui tendre un guet-apens était tout simplement d'attendre et de voir s'il se faisait tuer. S'il se faisait tuer, cela signifierait probablement que le cavalier noir n'avait pas suivi son compagnon. Il ne put s'empêcher de sourire tandis qu'il avançait péniblement dans l'invisible neige noire. Quelle absurdité. Mais une absurdité magnifique, merveilleuse. Parce qu'il avait l'impression d'être immortel, l'idée de mourir paraissait à Oboko plutôt amusante : la vie, toute l'existence, lui semblait éminemment parfaite, même cette insignifiante perturbation que l'on appelait la mort.

Il parvint enfin à l'endroit où les chevaux s'étaient arrêtés. En regardant vers la gauche, il constata que le point de lumière n'était plus visible. En fait, il ne voyait pratiquement rien. Il s'arrêta au bord du sentier et, immobile, tous les sens aux aguets, il attendit que se manifestât un signe annonçant sa mort imminente. Il ne percevait pratiquement rien : une brise tiède soufflant du sud et lui caressant la joue, le frottement ténu des branches de sapin quelque part non loin de lui, une faible sensation de mouvement parce que son talon gauche s'enfonçait légèrement dans la neige. Il respirait bien, doucement, régulièrement. Il se sentait serein. Il avait l'impression d'être seul.

Il arrivait à distinguer différentes densités d'obscurité – absolue là où le sol avait été piétiné, un tout petit peu moins profonde là où la surface égale et lisse de la neige pouvait refléter la lumière quasi imperceptible de la lune derrière les nuages – et commença donc à marcher assez rapidement vers le sud. Il avait l'impression que son corps tout entier était en feu, brûlé parfois par les flammes d'une joie absurde, parfois par celles de l'effort intense que nécessitait son besoin d'étendre la portée de ses sens pour parvenir à « sentir » la réalité du monde d'une façon tout à fait nouvelle.

Il avait parcouru une vingtaine de mètres, sans avoir aperçu de lumière devant lui, quand le sentier tourna brusquement à droite. Il heurta un arbre assez violemment pour en avoir le souffle coupé. Il demeura par terre, immobile, le temps de s'assurer que le cavalier noir n'était pas en train de l'égorger, puis il se leva et se remit en marche.

Cependant, après trois minutes, parce qu'il n'avait toujours pas vu de torche, il ralentit : il se demanda s'ils ne s'étaient pas cachés pour l'attendre et le tuer. Il adopta une posture défensive, fit un pas : sa botte craqua en s'enfonçant dans la neige. Il s'immobilisa et, pendant trente secondes, il s'efforça de sentir l'odeur de la Mort, d'entendre sa venue. Mais il ne sentit et n'entendit que le vent. Puis, soudain, il sut avec certitude qu'il mourrait s'il continuait à suivre ce sentier.

Ce savoir inattendu s'imprégna profondément en lui, et une terreur indicible fourmilla dans tout son corps. Il n'avait pas la moindre idée de l'endroit où l'attendait la Mort, de comment ou pourquoi Elle le guettait, mais il savait que s'il continuait à suivre ce sentier, malgré toutes les précautions qu'il pût prendre, il mourrait.

Seul un immense effort de volonté l'empêcha de faire demi-tour et de s'enfuir à toutes jambes. Il recula plutôt, lentement, les yeux fixés sur l'obscurité au sein de laquelle rôdait la Mort. Après avoir parcouru une dizaine de mètres à reculons, il pivota doucement sur lui-même et revint rapidement sur ses pas.

Les yeux penchés sur l'obscurité plus profonde de la neige piétinée, les sens engourdis, il sentit la fatigue se répandre en lui comme les eaux d'un lac s'échappent du barrage qui a cédé. Il aurait presque heurté le cheval de plein fouet, mais il l'entendit renâcler à la dernière seconde, ce qui le fit stopper net. Il sentit quelque chose toucher son bras gauche, et la présence d'un cheval et de son cavalier qui le frôlaient.

D'horreur, il perdit l'équilibre, voulut sauter vers l'arrière mais tomba dans la neige, et sa main droite ne put saisir son épée. D'un mouvement frénétique, il se roula sur lui-même et se releva.

« Je suis dame Arishi », annonça fermement Matari.

Oboko, épée en main, ne voyait que l'obscurité devant lui, mais il comprit soudain qu'elle le confondait avec l'un des samouraïs de son mari.

« Matari, chuchota-t-il, qu'est-ce que...

— Oboko ? » chuchota-t-elle.

Il tendit la main devant lui et toucha la croupe du cheval, qui frissonna mais ne bougea pas. Oboko laissa sa main glisser sur le flanc de l'animal jusqu'à ce qu'il sentît le cuir froid de la botte de Matari dans l'étrier.

« Oui, c'est Oboko, dit-il.

— Où... où sont-ils ? demanda-t-elle à voix basse.

— Là devant, répondit-il, je ne sais où exactement. Ils attendent, en embuscade. »

Sa main gauche tenant toujours la botte de Matari, il remit son épée au fourreau.

La jeune femme ne dit rien. Tout à coup, il sut ce qu'elle faisait là : comme elle l'avait annoncé, elle les avait quittés et fuyait vers le sud, seule.

« Les autres ? demanda-t-il pour vérifier.

— Ils... Ils sont restés au campement, répondit-elle.
— Impossible de passer en suivant le sentier, en tout cas », dit Oboko.

Il levait les yeux vers l'endroit où elle devait probablement être assise, mais il ne voyait rien du tout. Il avait retrouvé sa sérénité, et ne ressentait plus la fatigue. Le cuir de sa botte semblait une caresse sur sa main.

« Ils vont tuer tous ceux qui viennent, ajouta-t-il, et ne se préoccuperont pas le moins du monde de savoir de qui il s'agit. »

Matari ne disait rien. Le cheval secoua la tête. Les rênes claquèrent contre le cou de la bête, provoquant de petits bruits secs.

« Nous devons revenir au camp, tous les deux », dit encore Oboko.

Matari ne disait toujours rien. Il pouvait presque la deviner, assise sur la selle, le dos droit, les yeux tournés vers le sud, vers les samouraïs invisibles et les sommets à l'horizon. Il pouvait presque pressentir son désir.

Son murmure rompit le silence.

« Quand... serai-je donc libre ? » demanda-t-elle, comme si elle se parlait à elle-même.

Oboko levait les yeux vers elle, sans la voir. Elle se tut.

« Pour l'instant, nous ne pouvons guère que dormir, dit-il. Demain, à l'aube, alors... »

Il n'eut pas le courage de finir sa phrase.

Elle ne dit rien mais, après quelques instants, elle tira présumément sur les rênes, car le cheval commença à tourner. Oboko suivit le mouvement de la monture et, sans dire un mot, il prit les rênes. Matari, silencieusement, les relâcha, et il mena le cheval et sa cavalière en direction du camp, vers le seigneur Arishi.

*

Ainsi, épuisés, n'ayant rien à craindre, rien à faire avant l'aube, ils essayèrent de dormir. Le seigneur Arishi dormait seul, là où il s'était installé auparavant, près des chevaux. Oboko, Izzi et Matari tassèrent la neige pour former des creux où ils pourraient se blottir en position fœtale, chacun enveloppé dans sa couverture. Oboko et Izzi décidèrent d'un commun accord de ne plus faire de tours de garde : la nuit était si noire qu'un des trois samouraïs aurait pu s'approcher d'eux et leur susurrer des mots doux à l'oreille avant qu'ils ne puissent le voir. L'épuisement avait fait d'eux des fatalistes : à l'aube, ils vivraient encore, ou non. Ils étaient si fatigués que dormir leur semblait plus important que de demeurer en vie.

Oboko essaya de suivre son habitude et de pratiquer quinze minutes de méditation avant de se coucher, mais il en fut incapable. D'abord, il n'arriva pas à compter ses respirations, parce qu'il était trop vivement conscient de la présence de Matari à quelques pas de lui, enroulée dans sa couverture, son visage tourné vers lui, et ne dormant peut-être pas encore. Puis il ne parvint même plus à écouter sa respiration, parce qu'il s'endormait sans cesse, assis bien droit dans la neige. Enfin, l'effort même de méditer fut rendu vain par l'apparition soudaine et écrasante de la conviction que méditer ne servait à rien – une pensée qu'il n'avait pas eue depuis au moins deux ans. Hébété, il décida de se consacrer à l'écriture de son poème quotidien.

Tout d'abord, il fut distrait une fois de plus par la présence de Matari, couchée dans la neige à côté de lui, et d'Izzi qui sommeillait bruyamment quelques mètres plus loin. Puis il constata avec étonnement que son esprit était parfaitement vide – il se trouvait dans l'état où il aurait justement dû se trouver un instant auparavant quand il essayait de méditer. Après plusieurs minutes d'effort, il entrevit enfin quelque chose : une image de Matari. Il se pencha et écrivit ces mots :

Larmes dans ses yeux,
Caresse de ses cheveux
Et je suis comblé.

Il plia la feuille de papier et la remit, avec son pinceau et son encrier, dans son sac, et s'allongea pour dormir.

Plus tard, beaucoup plus tard – après qu'il eut dormi plusieurs heures, mais bien avant le lever du soleil –, Oboko se réveilla et ouvrit les yeux sur les ténèbres, toujours aussi absolues. Même les braises du feu avaient cessé de rougeoyer. Il avait entendu – mais n'était-ce pas un rêve ? – la voix de Matari, venant de sa gauche. Plus que toute autre chose, ce son lui fit prendre conscience qu'ils dormaient côte à côte depuis des heures.

« Quand j'étais petite, disait-elle doucement, j'avais peur des nuits noires comme celle-ci. »

Elle fit une pause. Oboko, qui était allongé sur le côté, leva la tête pour regarder dans sa direction. Il ne voyait rien du tout.

« Mais maintenant, reprit-elle, alors que la mort rôde partout, tout autour de moi, l'obscurité me rassure. J'ai l'impression d'être entourée de remparts et de chaleur.

— Pas très chaud, pourtant, dit Oboko.

— Une autre sorte de chaleur, répliqua-t-elle. La chaleur, je crois, de savoir que vous êtes, toi et Izzi, à mes côtés. »

Oboko pensa - mais ne le dit pas à voix haute - au fait qu'il existait aussi d'autres sortes de ténèbres, et qu'Izzi et lui ne pouvaient guère la protéger contre elles. Il ne dit rien.

« Il est étrange que tu sois si brave, dit Matari d'une voix méditative.

— Je ne suis pas brave, dit Oboko rapidement.

— Je ne cherche pas à te flatter, dit-elle d'une voix qui était un peu trop forte pour être un murmure. Cela me semble simplement étrange. Tu es déjà un moine, et un poète, je m'étonne qu'il y ait encore de la place en toi pour être un guerrier. »

Oboko venait lui-même tout juste de découvrir qu'il y avait en fait un espace immense en lui, et que cet espace était occupé par un Oboko amoureux. Il se sentit rougir. La seule pensée que cette femme était allongée à quelques pas de lui, dans l'obscurité, tandis que sa voix venait lui caresser les oreilles, le fit puissamment frémir. Il serra les poings, contracta les muscles de son ventre afin de faire cesser ces frissons, puis il essaya de contrôler sa respiration – mais ses efforts furent interrompus par le rire étouffé de Matari.

« Tu n'as peur de rien, mais tu as tout de même peur de moi, dirait-on. »

Il ne put s'empêcher d'éprouver un certain ressentiment, parce qu'elle avait raison, ou peut-être tout simplement parce qu'elle avait ri. Il inspira, son diaphragme était bien détendu. Il s'efforça de retenir son souffle plusieurs secondes.

« Oh, Boko, je suis désolée, dit Matari. Je ne peux pas m'empêcher de badiner, même quand la lame du sabre me touche le cou. »

Oboko ne dit rien. Il n'avait pas cru que c'était du badinage. Le taquinait-elle donc ?

« Mais non, bien sûr, je ne me moque pas », dit-elle.

Ils se turent tous les deux. Le feu était éteint, le vent était tombé ; le seul bruit que l'on entendait était un bourdonnement régulier : Izzi qui ronflait doucement. Ce silence ne parut pas gênant à Oboko, mais chaud. La voix de Matari était douce, rassurante, et ne semblait pas railleuse. Il n'avait pas l'impression qu'elle se moquait de lui. Elle ne dormait pas, se dit-il, et elle éprouvait le besoin d'un contact humain – le contact, à tout le moins, de voix qui se croisent dans les ténèbres.

« C'est étrange, la neige, dit-elle doucement.

— Oui », dit-il.

Il se rendit compte soudain que sa main gauche, blottie sous sa barbe, ne reposait pas sur la couverture, mais sur la neige damée.

« Toute ma vie, reprit-elle d'une voix rêveuse, la neige, pour moi, n'a jamais été que de petits flocons blancs qui flottent dans le ciel, inoffensifs, jolis, agréables au toucher. Mais il y a trois jours, la neige est brusquement devenue pour moi une terre blanche que le ciel m'envoyait pour m'ensevelir.

— Et moi, j'étais un fossoyeur », dit Oboko.

Les ronflements rythmés d'Izzi s'interrompirent. Il toussa deux fois. Matari et Oboko écoutaient attentivement. Les ronflements reprirent.

« Oui, dit-elle. Et ce soir, la neige est un lit, plus chaud, plus douillet qu'aucun autre lit. »

Oboko repoussa la couverture qui couvrait son cou et se tourna pour s'allonger sur le dos. Yeux ouverts, il contemplait le centre obscur du ciel.

« La neige est aussi un rideau blanc, dit-il, que Dieu tire pour mettre fin à un acte de la pièce. »

Il réfléchit à ce qu'il venait de dire, et se dit qu'il avait raison. L'épaisse couche de nuages qui couvrait la lune et les étoiles cachait aussi le prochain acte, qui commencerait le lendemain matin.

« La neige, dit Matari, est aussi une feuille de papier blanc, sur laquelle nous inscrivons nos signatures infinies et infiniment révélatrices. »

Oboko avait fermé les yeux, mais il les rouvrit sur l'obscurité.

« La neige, c'est aussi les fleurs de printemps des conifères, dit-il automatiquement.

— La neige est le suaire de soie dans lequel je serais peut-être enterrée. »

Ils se turent un long moment. Pour la première fois depuis son réveil, Oboko entendit le bruissement du vent dans les branches des arbres.

« Pourquoi "de soie" ? » demanda-t-il.

Il entendit Matari rire doucement.

« Tu ne voudrais tout de même pas que dame Arishi soit enterrée dans un vulgaire suaire de neige de lin, non ? »

Elle rit de nouveau.

Nouveau silence. Il semblait à Oboko que les ronflements d'Izzi ressemblaient presque au bruit des vagues qui s'abattent sur le sable.

« Quand j'étais petite, dit lentement Matari, d'une voix si faible qu'Oboko pouvait à peine l'entendre, je rêvais souvent d'une mort tragique. J'aurais ensuite été portée en procession, vêtue de ma plus belle robe de soie blanche, dans les rues de Kyoto. Ils auraient été des milliers à y assister, à pleurer ma mort et à admirer ma beauté. Mon amant... »

Elle hésita, mais Oboko se demanda si le filet de sa voix n'était pas simplement devenu inaudible.

« Mon amant, reprit-elle, qui dans mes rêveries changeait sans cesse, de mois en mois, mon amant aurait été écrasé par la culpabilité, bien qu'il ne soit clairement pas responsable de ma mort. En me voyant passer dans mon cercueil, il se serait donné la mort avec sa propre épée.

— Comment mourais-tu ? » demanda Oboko.

Matari ne répondit pas immédiatement.

« Je ne sais plus, dit-elle. En fait, si. Je mourais d'un préjudice - une maladie très courante, si l'on en croit les récits des poètes de mon enfance. »

Sa voix était devenue plus claire, plus ferme.

« D'un préjudice... », répéta lentement Oboko.

Il ouvrit les yeux et se laissa envahir par les ténèbres du ciel.

« Oui, dit-elle doucement. On m'accusait de quelque chose que je n'avais pas commis et, au moment même où l'on découvrait la preuve de mon innocence, comme par hasard, je mourais.

— Mais dans la vie réelle, dit Oboko après un court silence, tu préfères vivre, non ?

— La vie réelle, répondit Matari, la voix à nouveau faible ; j'ai pu constater que la vie réelle n'a absolument rien à voir avec le monde des poètes. »

Oboko éclata de rire.

« Il ne faut pas lire que les mauvais poètes.

— Peut-être. »

Il y eut un nouveau silence, interrompu périodiquement par les bruits de la respiration d'Izzi, vagues déferlant sur la plage noire de la nuit.

« Lire les bons poètes est peut-être trop douloureux », reprit-elle.

Ensuite, ils dormirent, apparemment. En tout cas, à son réveil, Oboko ne se souvenait pas que la conversation ait duré plus longtemps. Ce réveil fut d'ailleurs assez difficile, parce qu'il avait été en train de faire un grand rêve, où un sage errant - lui-même, mais aussi, en partie, maître Eno ? et même aussi (comme c'est étrange !) Izzi - descendait une montagne d'une hauteur infinie ; à chaque pas, il produisait un bruit étrange et terrifiant, comme si l'on grattait le sol, chrrrk, chrrrk. Et le grand sage errant, qui n'était pas, non ! qui n'était absolument pas maître Eno, descendait à grands pas, descendait, mais ne s'approchait jamais, jamais de... de quoi, au juste ?

Quand Oboko se réveilla, le soleil était levé, et Izzi était assis face à lui, une couverture posée sur la tête.

Il regardait d'un air fasciné quelque chose qui se trouvait derrière le moine.

« Enfin, enfin, je sais à quoi Elle ressemble », dit Izzi.

Oboko se frotta les yeux. Il lui semblait encore entendre le chrrrk, chrrrk de son rêve.

« Qui ? » demanda-t-il en essayant de libérer son bras qui était empêtré dans la couverture et en se redressant pour s'asseoir.

« Elle, répondit Izzi, les yeux toujours fixés sur un point derrière son compagnon. La naine qui me suit partout. »

Son visage ne manifestait aucune émotion, mais une grande concentration.

Oboko, assis, tourna la tête vers la gauche et vit, derrière lui, derrière Matari qui, elle aussi, s'était assise et regardait à l'endroit que fixait Izzi, le seigneur Arishi, impassible, inévitable, assis par terre, le dos appuyé contre un rocher. Il avait posé sur ses genoux son immense sabre et frottait contre la lame une pierre à affûter : chrrrk, chrrrk.

« La Mort », ajouta Izzi.

Mais ce mot était superflu ; Matari et Oboko avaient déjà compris.

CHAPITRE XI

Les premières lueurs grises de l'aube étaient apparues derrière les monts, à l'est, depuis près d'une heure quand Matari, Oboko, Izzi et Arishi, ayant partagé les dernières galettes de riz et nourri les chevaux, s'apprêtèrent à se mettre en route. Mais le soleil ne se leva pas, ce jour-là. La grisaille qui avait émergé des ténèbres à l'est s'était progressivement répandue dans le ciel, comme un dôme opaque, et les avait englobés. Tout au cours de la longue journée qui suivit, ce gris sombre ne s'allégea pas, et ne cessa de les opprimer. Puis, en fin d'après-midi, les nuages, devenus trop lourds, se mirent à déverser tout leur contenu.

Oboko, Matari et Izzi avaient décidé ensemble de la stratégie. Ils pensaient que les trois cavaliers du seigneur Arishi s'étaient sans doute postés au point culminant du sentier, de façon à bloquer la route menant vers le sud. Izzi, seul, allait donc s'approcher d'eux en suivant le sentier, de façon à être vu. Les samouraïs, le voyant apparaître puis fuir, décideraient certainement de le se lancer à sa poursuite. Pas tous les trois, bien sûr, parce qu'il fallait surveiller le passage du col, mais au moins l'un d'entre eux, et même probablement deux. Izzi ferait faire un grand tour à ses poursuivants puis reviendrait vers le sommet par un autre côté. Pendant ce temps, Oboko, Matari et le seigneur Arishi arriveraient à cette hauteur par ce côté et... et tenteraient de déjouer la vigilance du samouraï qui resterait - en espérant qu'il n'en reste bien qu'un seul.

Izzi, qui avait dévoré joyeusement les derniers restes de viande de cheval, ne cessa de plaisanter tandis qu'ils élaboraient leurs plans. Quand il fut prêt à partir, il se planta devant le seigneur Arishi et lui adressa un salut affecté.

« Au revoir, Votre Seigneurie, déclara-t-il avec exubérance. J'essaierai de ne pas tuer tous vos hommes.

— Je sais avec certitude que vous y parviendrez, répondit sèchement le seigneur Arishi.

— Tu es prêt ? » demanda Oboko à Izzi.

La gaieté de son compagnon, qui n'avait pourtant pas bu de saké depuis la veille, l'inquiétait quelque peu.

« Je suis prêt, mon ami, dit-il en tirant brutalement sur les rênes pour faire cabrer sa monture. Je suis prêt à chevaucher aux lueurs de l'aube et à affronter ces chacals.

— Tu n'as pas peur ? » demanda Oboko en souriant.

Ce n'était ni tout à fait une question, ni tout à fait une affirmation.

« Non, répondit Izzi, les yeux brillants et moqueurs. Je vous laisse la naine, occupez-vous-en. Et, bien sûr, malheureusement, je reviendrai. »

Il fit tourner son cheval et le mit au pas. Il se retourna sur la selle et ajouta :

« Adieu, Matari. Ne souffle pas trop fort sur ce pauvre poète du vent. »

Oboko le regarda monter lentement la pente neigeuse, pierreuse menant au sentier ; de là, il mit son cheval au trot et se dirigea vers le sud-ouest et les samouraïs. S'il se tournait directement vers le sud, il pouvait tout juste voir cette éminence, grise et vide dans la lumière blafarde, où ils attendaient. Pivotant sur lui-même pour regarder vers le nord, il ne put voir aucun cavalier sur le plateau. Oboko et Matari montèrent sur leur cheval, Arishi sur la jument, et ils se mirent en marche, lentement, vers le sud-ouest. Ils savaient que, tôt ou tard, ils feraient une rencontre.

Oboko trouvait étrange de ne plus être aveugle. Quand, parfois, un rocher érodé par le vent ou un pin malingre brisaient la monotonie de la neige, il les voyait avec une clarté qu'il n'aurait pas crue possible par ce temps sombre. Tous ses sens étaient en éveil, car il savait qu'un ou plusieurs samouraïs pouvaient surgir à tout moment sur ce sentier de neige piétinée qu'Izzi avait créé le soir précédent en rentrant au campement. En réalité, il était plus probable que l'un d'entre eux fût en train de les suivre, ou encore qu'ils eussent déjà été aperçus et que les guerriers les attendaient de pied ferme, quelque part devant eux.

Il fit arrêter le cheval et demanda à Matari et au seigneur Arishi de mettre pied à terre. Il voulait que la jeune femme monte seule la jument blanche ; le seigneur et lui, son épée à la main, monteraient l'étalon, dans l'éventualité où les samouraïs s'apprêteraient à leur tendre un piège. Oboko voulait décourager les attaques à l'arc.

Ils recommencèrent à avancer lentement. Matari chevauchait à l'avant, quinze ou vingt mètres devant l'étalon lourdement chargé. Oboko, tendu, était assis derrière la figure immense et roide du seigneur Arishi. Au début, le moine tenait les rênes, mais il lui arrivait de tirer involontairement sur les lanières et le cheval faisait des écarts. Arishi marmonna un juron et s'empara des rênes. Il y eut quelques instants de confusion, puis Oboko se retrouva à mettre le bras autour de la taille du samouraï, comme… une femme ? un prisonnier ? Il affecta un air renfrogné.

Ils avançaient en silence. Étant redescendus des hauteurs où ils avaient campé, ils ne pouvaient pas voir l'éminence. Il s'agissait de ne pas arriver à ce point culminant avant Izzi, et de ne pas y arriver trop longtemps après lui non plus. Les chevaux allaient au pas. Sur la jument blanche, Matari, mince, gracieuse, ne se retourna pas une seule fois. Oboko et Arishi la suivaient en regardant droit devant.

La jument allait un peu plus vite que l'étalon. Elle prit une avance de trente mètres, puis de quarante, si bien qu'ils la perdaient de vue quand le sentier tournait. Oboko talonna les flancs de leur monture pour lui faire presser le pas. Jetant un coup d'œil à sa droite, il vit, pour la première fois depuis leur départ, le point culminant, à moins d'une centaine de mètres. Il demanda au seigneur Arishi de faire arrêter le cheval : ils allaient continuer à pied. Arishi prit la bride, et Oboko, épée en main, le suivit de près.

Ils parvinrent au sommet d'une petite montée et, soudain, une vaste étendue s'ouvrit devant eux. Ils pouvaient tout voir : trente mètres devant eux, Matari approchait lentement de deux samouraïs portant sabre au clair. Izzi n'était pas là, ni le troisième guerrier. Une dizaine de mètres derrière eux, deux chevaux étaient attachés à un arbuste. Jugeant que les samouraïs ne les avaient pas vus, Oboko fit signe au seigneur Arishi de se mettre derrière un petit sapin et de ne plus bouger.

« Votre plan a échoué », dit Arishi d'une voix blanche.

Oboko se contentait d'observer. Matari se déplaçait de gauche à droite par rapport au moine et au seigneur. On pouvait donc la voir de profil. Elle se tenait droite, son visage ne montrait aucune expression. Quand elle fut à moins de cinq pas des samouraïs, elle fit arrêter sa monture. Les guerriers, deux hommes d'assez petite taille, se tenaient côte à côte et levaient les yeux vers elle. Elle parla, et Oboko entendit clairement sa voix forte et impérieuse :

« Le seigneur Arishi vous attend. »

Les deux samouraïs la regardèrent. L'un d'entre eux, enfin, répondit :

« Où est-il ?

— Attaché à un arbre, à une lieue d'ici, sur le plateau. »

Les deux guerriers échangèrent un regard.

« Et où sont les autres ?

— Ils sont partis par un autre sentier », répondit sèchement Matari.

Celui qui avait parlé se tourna quelque peu vers sa gauche, indécis. Puis, pour la deuxième fois, il regarda son compagnon.

« Nous ne pouvons pas vous laisser passer, dame Arishi, dit-il.

— Je passerai.

— Cela est impossible.

— Ma destination ne vous concerne pas, affirma Matari. Si je dois mourir, je crois que le seigneur Arishi voudra que ce soit par sa main. »

Elle se tenait si droite en selle, elle était si immobile qu'on aurait dit qu'elle posait pour un portrait.

« Nous n'avons pas l'intention de vous tuer. »

Matari dégaina la courte épée du seigneur Arishi, dont le fourreau était attaché à la selle. Dans sa petite main, l'arme paraissait immense.

« Vous me connaissez, dit-elle. Si vous ne me laissez pas passer, vous devrez me tuer, ou vous mourrez. »

Les yeux toujours levés vers elle, les deux samouraïs restaient immobiles et silencieux.

« Allez retrouver le seigneur Arishi, dit-elle. Vous savez comme il aime la chasse. Il sera furieux si vous l'en privez ; si, par accident, vous me capturez sans lui, ou même, pire, si vous me tuez... »

Même d'où il était, Oboko pouvait voir le sourire ironique de Matari.

Les deux samouraïs échangèrent des regards, pour la troisième fois.

« Vous pouvez passer, dame Arishi, dit celui qui était plus âgé. Mais Uguru va vous accompagner.

— Aucune importance, dit-elle simplement. Mais apportez-moi des galettes de riz et quelque chose à boire. »

Le plus jeune samouraï remit son épée au fourreau et se dirigea vers sa droite, vers les restes d'un feu, où il allait probablement chercher à boire et à manger. Il se baissa pour ouvrir une sacoche. Soudain, Matari éperonna sa monture et galopa vers les deux chevaux des samouraïs ; elle trancha d'un coup de sabre les courroies qui les attachaient à un arbuste, donna un coup du plat de la lame sur la croupe d'un des deux chevaux, saisit les rênes de l'autre et se dirigea en toute hâte vers l'étroit passage que creusait le sentier entre deux rochers.

Le samouraï plus âgé s'empara de son arc, encocha une flèche et visa Matari.

« Non ! » tonna le seigneur Arishi.

Il sortit en marchant. Le guerrier se retourna et vit son maître approcher. Oboko le suivait, épée au poing, tenant l'étalon noir par la bride. Matari avait disparu derrière le sommet du col.

« Où est Ignoto ? demanda le seigneur Arishi quand il ne fut plus qu'à quelques pas du samouraï.

— Il suit l'autre cavalier », répondit celui-ci.

Il ne portait pas de barbe, mais il n'était pas rasé, et son visage était hâve. Oboko se rendit compte, en le voyant, que cette épreuve était tout aussi épuisante pour ces hommes que pour lui et Izzi.

« Laissez-nous passer, dit Oboko, écartez-vous. »

Les deux samouraïs ne bougèrent pas. Ils avaient tiré leurs épées, mais toute leur attention était pour le seigneur Arishi qui, lui aussi, ne tenait aucun compte d'Oboko.

« Au retour d'Ignoto, dit-il, dites-lui que je continue, mais que je vous rejoindrai bientôt... là où les cerisiers sont en fleur. C'est moi qui châtierai Matari, et personne d'autre. »

Oboko toucha prudemment le seigneur Arishi de la pointe de son épée, mais il ne réagit pas.

« Et dites-lui aussi d'apporter à boire, reprit Arishi. Nous avons avec nous un poète qui est un véritable soiffard. »

Ayant apparemment dit tout ce qu'il avait à dire, le seigneur se mit en marche, passa devant les deux samouraïs et s'engagea le long du sentier qu'avaient suivi Matari et les deux chevaux. Oboko le suivait de près, mais un bruit inattendu le fit se retourner : Izzi arrivait, en galopant dans la neige peu profonde, d'où ils étaient eux-mêmes venus. Il brandissait son épée comme s'il s'apprêtait à attaquer d'inoffensifs paysans. Cela fit enfin bouger les deux samouraïs : ils reculèrent pour laisser passer Izzi. Il passa comme une tornade, un grand sourire aux lèvres, puis, arrivé près d'Oboko et de son prisonnier, il tira triomphalement sur les rênes.

« Victoire ! s'écria-t-il, hors d'haleine. Je crois que je vais devenir capitaine de la garde. »

Il remit son épée, qu'aucun sang n'entachait, au fourreau.

« Dans ta prochaine vie », grommela le seigneur Arishi.

Oboko leur fit signe de se dépêcher, car il voulait rattraper Matari.

Chapitre XII

Sous un lourd plafond gris, comme si les nuages flottaient juste au-dessus de leurs têtes, ils continuèrent leur chemin vers le sud, traversant de jolis horizons de neige pure. Pour éviter de fatiguer les chevaux, ils passaient l'un après l'autre en tête pour ouvrir la route. Oboko, cependant, fermait toujours la marche, juché sur le hongre du samouraï ; à la selle était attaché un grand arc, avec un simple nœud. Matari paraissait très petite sur le grand étalon noir, mais elle le menait avec grâce et habileté, malgré le terrain inégal et les roches invisibles sous l'épaisse couche de neige, comme si elle avait déjà fait ce trajet cent fois. Arishi chevauchait encore la jument blanche, Izzi le gris. Cependant, bien qu'ils montent chacun seul, ils n'arrivaient pas à distancer les deux guerriers, qui les suivaient comme des ombres, une centaine de mètres derrière – en dépit du fait que ces derniers ne semblaient faire aucun effort particulier et s'arrêtaient fréquemment pour se reposer. Quand Oboko se retournait pour voir où ils étaient, ils semblaient invariablement se trouver tout juste hors de la portée de son arc, en train de se reposer, côte à côte, avec l'air serein, tranquille et détaché de ceux qui savent leur destination proche. L'un d'eux était celui qui s'appelait Ignoto ; l'autre, le jeune samouraï.

Enfin, vers midi, ils parvinrent à ce qui aurait tout aussi bien pu être le bout du monde. Le haut plateau couvert de neige qu'ils avaient péniblement traversé cessait brusquement, et devant eux se déploya un vaste univers nouveau. Le sentier serpentait entre de grands conifères, le long d'une pente descendante, au-delà de laquelle s'ouvrait une vallée verte, presque grise sous le ciel nuageux. Puis, au loin, vers la droite, s'étendait la masse grisâtre et indistincte d'une petite ville, Lissa. Encore plus loin, aux confins de l'horizon, cachée par le brouillard et la grisaille, mais indéniablement présente : la mer.

À tout au plus deux lieues de l'endroit où ils se trouvaient, la neige cessait de couvrir le sol, et une terre brune, verte et rousse apparaissait. Dès qu'ils parvinrent au sommet de cette crête, la brise tiède qui soufflait de la mer se réchauffa sensiblement. Vingt lieues à peine les séparaient désormais de Lissa et de la chaleur et de la sûreté de la civilisation – vingt lieues de ciel gris, de sentiers sinueux, de rochers et de ravins, de boue, de pins, de neige et de torrents, vingt lieues sous l'ombre éternelle des samouraïs.

Oboko se retourna et vit que les deux cavaliers s'étaient déportés à droite. Eux aussi contemplaient la vallée grise et verte, de leur position à une centaine de mètres plus loin, la vallée où, paradoxalement, bourgeonnait déjà le féroce printemps. Derrière, l'immense et glacial plateau neigeux était désert ; aucun nouveau cavalier en vue – encore que le regard ne portât pas très loin.

Ils mangèrent rapidement les derniers restes de galettes de riz et de poisson séché. On voyait d'ailleurs que les deux samouraïs, là-bas, mangeaient aussi. Puis ils amorcèrent la descente. La progression était beaucoup plus rapide. Parfois, la neige montait jusqu'au poitrail des chevaux ; il fallait alors mettre pied à terre et guider les bêtes. Mais le plus souvent, les montures avançaient, à pas incertains, beaucoup plus rapidement que sur le plateau, sur le sentier qu'entouraient les hauts troncs des pins. À un moment, Matari et l'étalon fendirent la neige qui couvrait une pente s'ouvrant sur une clairière ; une nuée d'oiseaux posée sur un rocher s'envola en tous sens. C'étaient les premiers animaux qu'ils eussent vus depuis leur départ.

Le sentier se mit à suivre la rive gauche d'un petit torrent. La neige couvrait encore les roches de petits cônes, la glace surmontait presque entièrement le cours d'eau, mais même sans arrêter les chevaux, ils pouvaient entendre les petits gargouillis du courant. De temps en temps, là où la glace avait fondu, on voyait l'eau noire et impatiente fuir à toute vitesse en direction de la mer.

Jusqu'alors, ils s'étaient arrêtés à intervalles réguliers pour se reposer, mais sans même se consulter, ils se mirent à presser l'allure. Le cours du torrent à côté d'eux s'abaissa et s'enfonça entre deux versants abrupts ; il y avait de moins en moins de glace. Le bruit de l'eau n'avait encore jamais été plus qu'un murmure ; il s'éleva pour former un bruissement continu et impétueux.

Les pins, spectateurs attentifs et silencieux de leur progression depuis le début de la descente, ne portaient presque plus de neige dans leurs branches. Serrés les uns contre les autres, ils levaient vers le ciel gris leurs branches vertes. De loin en loin, des arbustes sans feuilles exhibaient çà et là les premières étincelles vertes de leurs bourgeons.

La neige était aussi de moins en moins épaisse, et elle fondait. Les sabots des chevaux faisaient voler des éclats de boue qui laissaient d'affreuses taches brunes sur la surface blanche. Ils se réjouissaient du train de plus en plus rapide que pouvaient adopter leurs montures ; pourtant, dès qu'ils tournaient la tête, ils pouvaient apercevoir les deux samouraïs qui les suivaient toujours.

Le lit du torrent continuait à s'enfoncer ; c'était désormais un ravin haut et étroit, au fond duquel coulait une eau vive et noire. Là où le soleil pouvait atteindre le sol et sur le sentier, on voyait la terre nue ; à l'ombre des pins, au pied des arbustes, il y avait encore beaucoup de neige. Il n'avait pas neigé, à cette altitude, depuis plusieurs jours. Il fallut faire une pause, parce que le cheval gris d'Izzi semblait fourbu et traînait derrière les autres. Ils mirent pied à terre, donnèrent aux chevaux toute l'avoine qui leur restait, les laissèrent boire l'eau des flaques boueuses qui s'étalaient sous leurs sabots. Personne ne parla. Le seigneur Arishi regardait ses deux samouraïs qui, immobiles, à une centaine de mètres d'eux, attendaient ; Izzi s'occupait de son cheval. Oboko et Matari se tenaient au bord du ravin.

Le torrent coulait et se précipitait parmi les rochers, plus de vingt mètres plus bas, vers le sud. Le ravin s'ouvrait devant eux vers la gauche, derrière eux vers la droite, suivant un parcours sinueux qui le faisait changer constamment de direction. Ils savaient que le seul endroit où ils pourraient traverser se trouvait en aval, à une demi-lieue de la mer, là où un pont avait été construit pour relier Lissa aux villages à l'est du cours d'eau. Face à eux, de l'autre côté du ravin, à quelques centaines de mètres, et derrière eux après le sentier, se dressaient de hauts précipices qui paraissaient, d'où ils étaient, infranchissables. Qu'ils le veuillent ou non, ils étaient forcés de continuer leur descente vers la mer.

S'ils se tournaient vers le sud, ils voyaient s'étaler devant eux une vallée verte, sémillante, animée, même sous ce ciel gris. On aurait dit un grand tapis très doux qui les accueillait, qui les attendait pour faciliter le reste de leur voyage. Au loin, la mer gris sombre, désormais parfaitement visible de leur point de vue, se confondait à l'horizon avec le ciel cendreux.

Ils s'apprêtaient à revenir vers les autres quand Matari, soudain, se laissa tomber à genoux. À demi dissimulée sous un gros rocher, une petite fleur violette avait poussé. La jeune femme tendit la main pour la cueillir, hésita, leva vers Oboko des yeux indécis. Cette fleur sauvage se fanerait de toute façon dans un jour ou deux, mais...

Les cheveux de Matari, détachés, décoiffés après cette longue chevauchée, encadraient son visage, qui n'exprimait aucun sentiment précis. Ils se regardèrent un long moment, yeux dans les yeux. Elle ne semblait pas le regarder, lui ; comme si elle voyait autre chose. Elle se pencha à nouveau vers la petite fleur, un sourire naissant lentement sur ses lèvres. Elle tendit une main frémissante qui s'arrêta à quelques centimètres de la minuscule tige, puis elle se leva brusquement et se dirigea à pas rapides vers sa monture. Elle avait décidé de laisser vivre la fleur.

Oboko, qui était beaucoup moins lourd, monta le cheval gris d'Izzi. Ils se remirent en marche. Matari était désormais toujours devant. Le grand étalon piétinait la boue de ses foulées puissantes. Ils avançaient si rapidement qu'il n'y avait plus lieu de s'inquiéter de recevoir une flèche des samouraïs dans le dos. Aussi ne prenaient-ils plus la peine de ralentir pour regarder derrière eux. Les arbustes se couvraient de bourgeons, roses, verts, jaunes contre le velours noir des branches hivernales. La pente était de moins en moins prononcée, plus graduelle, plus sûre. La boue éclaboussait à leur passage. Ils traversaient vivement les buissons couverts de bourgeons, piétinaient de minuscules, d'invisibles fleurs sauvages, bondissaient par-dessus des troncs achevant de pourrir, dépassaient des carcasses d'animaux tués pendant l'hiver et que la fonte des neiges faisait renaître en charognes.

Après une demi-heure, ils firent une nouvelle halte. Un grand pin était tombé, apparemment frappé par la foudre, et bloquait le sentier ; son tronc traversait entièrement le ravin, et les plus hautes branches s'étaient calées entre deux gros rochers, sur l'autre rive. Ses racines, son tronc, ses aiguilles vertes indiquaient sa vitalité, malgré sa chute. Ils pouvaient facilement le contourner par la gauche, mais Matari, à l'avant, s'était arrêtée et attendait les autres. Pour la première fois depuis l'aube, elle arborait un grand sourire.

Izzi arriva sur son hongre, qui renâclait et se cabra. Il fut suivi du seigneur Arishi, impassible et silencieux, et enfin d'Oboko, dont la jument épuisée parvenait à peine à prendre le trot.

« Ça ne passe pas ? demanda le moine.

— Si, si, répondit Matari sans cesser de sourire. Mais regardez ! »

Elle fixait un point derrière eux ; ils se tournèrent tous. C'était la direction d'où ils étaient venus. Il leur fallut plusieurs secondes avant de repérer les deux samouraïs : à leur grande surprise, les deux cavaliers n'étaient plus à une centaine de mètres, mais beaucoup plus loin, trois ou, même, quatre cents mètres. Et ils savaient tous que ce n'était pas parce que les samouraïs peinaient à les suivre.

« Qu'est-ce qui... Je ne comprends pas », balbutia Oboko.

Mais il ne put s'empêcher de sourire lui aussi. C'était comme si le soleil avait enfin percé les nuages.

« Par les orteils du Bouddha ! s'écria Izzi. Je crois que la Mort a décidé de me laisser tranquille. Elle attendra sûrement pour me surprendre pendant mon sommeil.

— Imbécile », dit le seigneur Arishi.

Ils tournèrent à nouveau le regard vers les deux cavaliers, qui avaient fait pivoter leurs montures.

Ils disparurent derrière un repli de terrain. S'ils descendaient, alors ils réapparaîtraient un peu vers la gauche. Ils ne réapparurent pas.

« Mais pourquoi repartiraient-ils ? demanda Oboko, sans toutefois cesser de sourire.

— On s'en fiche, répondit Izzi. Je ne vais certainement pas leur courir après pour leur demander.

— Imbéciles, répéta le seigneur Arishi, qui regardait fixement la crête derrière laquelle ses hommes avaient disparu.

— Pourquoi, imbéciles ? » demanda Oboko.

Il essaya de croiser le regard de Matari qui, comme celui de son mari, n'avait pas quitté la crête. Elle ne souriait plus, mais ses yeux grands ouverts étincelaient. Son visage était couvert de sueur, car ils avaient mené vive allure, et des mèches de cheveux lui collaient au front et aux tempes. Oboko vit alors une ombre passer sur ses traits, comme si une pensée ou un souvenir avait obnubilé l'image de leurs poursuivants disparus. Puis son visage s'éclaircit à nouveau, mais son regard resta fixé au même endroit.

« Oui », dit doucement le seigneur Arishi.

Matari pâlit. Ses lèvres tremblaient. Elle se tourna vers Oboko, le visage dénué d'expression, puis elle baissa les yeux. Elle se mit à caresser l'encolure de l'étalon, comme si elle voulait le réconforter.

Oboko se retourna : là-haut, sur la crête, on voyait les deux cavaliers, immobiles. À leur gauche, à leur droite, dix, douze, peut-être quinze autres cavaliers s'alignaient – figures sombres sur fond de ciel gris, comme des souches tordues d'arbres morts.

« Oboko, dit vivement Matari. Monte le cheval du seigneur Arishi, et laisse-lui le gris. Si nous montons les trois bêtes les moins fatiguées, nous avons plus de chance d'arriver à Lissa avant eux.

— C'est possible, dit le seigneur Arishi sans bouger. Mais regardez bien. Il y a, là-haut, au moins trois chevaux qui n'ont pas de cavalier, et qui seront infiniment plus frais que les vôtres.

— Pied à terre ! s'écria Matari. Izzi, allez ! »

Indécis, le poète fit tourner son cheval et contourna au trot le pin tombé. Oboko et le seigneur Arishi échangèrent un regard ambigu, puis chacun monta le cheval de l'autre. Matari fit tourner l'étalon, le talonna et suivit Izzi. Le seigneur Arishi, sur le gris, trotta à sa suite. Oboko fermait la marche. Ayant traversé les buissons qui encombraient la base du pin, ils s'engagèrent sur le sentier boueux.

Oboko voulut d'abord rester derrière Arishi, mais quand il vit que sa monture fourbue peinait à avancer, il fit galoper sa jument pour les dépasser par la gauche. Il voyait Matari galoper devant lui, en faisant jaillir la boue derrière elle. Il y avait moins d'arbres, l'espace était dégagé. Puis, soudain, se produisit ce qui parut tout d'abord une conséquence logique : une forme indistincte venue de sa droite, un choc violent, le sol qui se levait, montait, et le frappa si fort qu'il en perdit momentanément connaissance.

Il resta allongé un moment, étourdi, sur la terre humide. Puis il se remit sur ses pieds et regarda autour de lui. Son cheval et celui du seigneur Arishi gisaient l'un contre l'autre à quelques pas de lui et s'agitaient pour se relever. Le samouraï avait une jambe coincée sous le gris. Oboko comprit qu'il avait probablement été projeté par-dessus la tête de la jument et qu'il avait glissé dans la boue, de manière fort inélégante, sur trois ou quatre mètres – ce qui lui avait sans doute permis d'éviter d'être blessé lui aussi. Arishi avait fait faire une embardée à sa monture pour heurter celle d'Oboko et provoquer cette chute.

Le moine s'approcha en boitant de la jument blanche et tira sur la bride pour l'aider à se relever. Mais après avoir tiré deux fois, il se rendit compte que le problème n'était pas que ses jambes étaient emmêlées avec celle du gris : la jument s'était cassé une jambe et ne pouvait plus marcher. Le gris n'arrivait pas à se dépêtrer, bloqué par le poids de la jument d'un côté, et par la présence du seigneur Arishi de l'autre. Oboko regarda en arrière, le long du sentier. Il vit sur la crête la longue file des cavaliers qui descendaient vers lui. Ils seraient là dans quelques minutes.

Il tira de toutes ses forces et réussit à déplacer la pauvre jument, juste assez pour dégager le gris et le seigneur Arishi, qui semblait beaucoup souffrir. Mais le gris, épuisé, resta allongé sur le flanc, haletant.

Oboko se sentit aspergé de boue, bien que ses vêtements en soient déjà entièrement recouverts. Il se retourna et vit Matari, qui roulait des yeux furieux, sur l'étalon noir en train de cabrer. Elle regarda Oboko, qui lui rendit un regard blanc, puis les deux chevaux épuisés, et enfin le seigneur Arishi, qui lui adressa un sourire.

« J'ai commis une fâcheuse bévue », dit-il.

Matari et Oboko se retournèrent. Sur le sentier, le dernier des cavaliers galopa dans un virage et disparut. Ils arrivaient.

Izzi revint à son tour.

« Il faut traverser », dit Matari.

D'un saut, elle mit pied à terre. À grands pas étranges, qui paraissaient fort peu féminins, elle remonta la pente du sentier. Oboko la suivit en courant jusqu'au bord du précipice qu'enjambait le pin tombé. Trente mètres plus bas, le torrent rugissait et se brisait contre les rochers. Le long tronc du pin, pont calme et serein surplombant le gouffre, devenait de plus en plus étroit, mais il paraissait solide et supporterait facilement leur poids. Oboko hésita un bref instant, puis il se hissa sur le tronc et tendit la main à Matari pour l'aider à monter. Quand elle fut auprès de lui, elle ne relâcha pas sa prise – au contraire, ses doigts s'enfonçaient dans le bras d'Oboko. Ses yeux trahissaient sa peur, son effarement. Elle secoua la tête et eut un étrange sourire.

« J'ai... j'ai le vertige, dit-elle en désignant le précipice. Traverse en premier. Je... je ne regarderai que ton dos, que tes talons... »

L'une derrière l'autre, ils commencèrent à marcher sur le tronc qui traversait le ravin. Loin au-dessous d'eux, l'eau blanche, sauvage, jaillissante, grondait. Parfois, une branche verte se dressait, mais souvent il n'y avait que le vide. Au début, le tronc était suffisamment épais, les branches suffisamment nombreuses, et Oboko put marcher assez rapidement. Mais, parvenu à peu près à mi-chemin, il dut s'agenouiller et continuer à quatre pattes. Il jeta un œil par-dessus son épaule. Matari, derrière lui, avançait aussi en rampant et regardait fixement les pieds d'Oboko. Le seigneur Arishi venait ensuite. Izzi n'avait pas encore commencé la traversée. Il s'affairait à ajuster un arc autour de son cou. À quelques centaines de mètres, cinq ou six cavaliers s'approchaient au grand galop.

Oboko continua à ramper. Le tronc était encore assez large, peut-être une vingtaine de centimètres, et, à intervalles plus ou moins réguliers, des branches solides offraient des appuis pour les pieds ou des prises pour les mains. Il avait désormais traversé les deux tiers du gouffre. Ils rampaient l'un à la suite de l'autre, comme des fourmis, tandis que dansaient, sous eux, les flammes blanches du torrent. Oboko estimait n'être plus qu'à trois ou quatre mètres de l'autre rive – ce que lui signala, puisqu'il n'osait pas lever la tête, l'apparition dans son champ de vision d'un horizon de terre brune. Le tronc n'avait plus que dix ou douze centimètres de diamètre ; il le tenait fermement des deux mains. Il y avait encore quelques branches, mais elles étaient trop frêles pour supporter son poids. Cependant il n'hésitait pas, et continuait à avancer, en équilibre précaire. Son genou glissa, et il frissonna des pieds à la tête pendant plusieurs secondes, mais il continua d'avancer. Plus que deux mètres. Un mètre. Encore un pas. Il se hissa dans la crevasse que formaient les deux gros rochers. Il était arrivé de l'autre côté.

Matari n'était qu'à deux mètres derrière lui. Sa figure mince contrastait avec le tronc et les explosions d'écume blanche. Elle baissait la tête, se concentrait sur ses mouvements. Le seigneur Arishi la suivait de près, Izzi était encore loin. En face, sur l'autre rive, six samouraïs s'alignaient au bord du précipice. Ils n'osaient pas tirer de flèches, parce que le seigneur Arishi était dans une position vulnérable. Ils attendaient, comme des généraux qui observent un défilé militaire.

Oboko s'aperçut soudain que Matari, qui avait encore presque deux mètres à parcourir, n'avançait plus, mais demeurait immobile, agenouillée, tête baissée. Il plaça son pied dans le creux de la crevasse, afin de pouvoir s'étirer et l'aider. Il vit alors, sous le corps transi par le froid de Matari, tout au fond du ravin, l'impétueux torrent, il entendit son grondement sourd, et il comprit soudain la terreur qu'elle avait dû éprouver quand ses pieds, grâce auxquels elle se rassurait, avaient disparu.

« Il faut avancer », dit-il doucement, mais avec une grande urgence dans la voix.

Elle ne leva pas les yeux mais recommença à avancer, centimètre par centimètre. Elle vit alors la main qu'Oboko lui tendait, voulut la prendre dans la sienne, mais elle était encore trop loin et perdit l'équilibre. Une main, un bras, une épaule glissèrent, tandis que l'autre main agrippait désespérément une petite branche. Une botte réussit à s'accrocher un instant, puis la jeune femme se retrouva suspendue au-dessus du gouffre, les pieds ballants. Ses doigts serraient la frêle tige, et ceux de l'autre main s'enfonçaient dans les craquelures de l'écorce âpre.

Oboko se figea. À moins d'un mètre des minces doigts de Matari, qui se cramponnaient à la sombre écorce, se trouvait le seigneur Arishi, les yeux fixés sur le tronc. Il continuait d'avancer. Il n'était plus qu'à vingt centimètres de la main de sa femme. Dix centimètres, deux centimètres. Oboko aurait voulu dégainer son épée, hurler à Izzi de faire quelque chose – mais celui-ci, qui semblait n'avoir rien vu, rampait lentement au-dessus du gouffre. Il lui restait encore bien six ou sept mètres à parcourir.

Pendant un bref instant, les grandes mains sombres d'Arishi et les petits doigts blancs de Matari se côtoyèrent en se touchant presque. Puis le samouraï leva la main droite.

Oboko, fasciné, ne pouvait détacher son regard. Matari, pour la première fois depuis sa chute, pencha la tête vers l'arrière pour voir ce qui se passait au-dessus d'elle. Ses yeux, qui n'exprimaient aucune haine, aucune peur, aucune requête, croisèrent ceux du seigneur Arishi. Sa grosse main enserra le poignet de Matari et, d'un geste brusque, lui fit lâcher l'écorce de l'arbre.

Elle émit un petit gémissement. Le seigneur Arishi la souleva d'une vingtaine de centimètres. Le bras droit du samouraï tremblait ; le corps de la jeune femme se tortillait dans le vide, parce qu'elle tentait de toutes ses forces de s'accrocher au poignet de son mari. Puis elle leva la tête et regarda directement Oboko.

Elle avait une étrange expression, qui n'était ni de la fierté, ni de la témérité, ni de la peur. On aurait presque dit de l'embarras. Ils demeurèrent ainsi

qui boitait lourdement, Oboko alla se placer derrière un rocher parmi les arbres, à six ou sept mètres du bord du précipice et à une quinzaine de mètres en contrebas du grand pin tombé. De là, il pouvait voir l'arbre dans toute sa longueur. Des branches pouvaient l'empêcher de viser ici et là, mais il aurait au moins cinq ou six occasions de tirer si un samouraï s'avisait de traverser le ravin. Avec sa seule et unique flèche.

Leurs poursuivants avaient déjà envoyé au moins six samouraïs vers le sud. Ils étaient partis au galop. Il en restait environ huit ou neuf, qui attendaient de l'autre côté du ravin. Ils savaient où était Oboko, ils savaient qu'il avait un arc. Mais savaient-ils combien de flèches il avait ? Probablement pas, pensait Oboko. Les samouraïs, dont deux seulement étaient encore montés sur leur cheval, se regroupaient près de la base du pin, comme pour se moquer des talents d'archer d'Oboko. Ou peut-être, tout simplement, se disait le jeune moine, avaient-ils décidé qu'il n'essaierait pas de les tuer gratuitement, mais seulement si l'un d'entre eux tirait la première flèche ou tentait de traverser le ravin. Oboko avait déterminé qu'au moins deux samouraïs possédaient aussi un arc.

Il se cachait derrière son rocher et s'y appuyait tout à la fois. Ses adversaires, sans aucun doute, pouvaient voir sa tête et ses épaules. La pluie glissait le long de son cou, mais il n'avait même plus la force de l'essuyer. Le rugissement ininterrompu du torrent, loin en dessous de lui, formait comme un rempart autour de ses pensées. Il revoyait, de façon intermittente, l'image de Matari tenue par le seigneur Arishi au-dessus du gouffre, ses grands yeux marron innocents et passifs, comme un agneau qui attend le coup du boucher. Quel contraste avec la Matari qui montait l'étalon noir comme si ç'avait été une rosse poussive ! Ou avec la Matari rieuse, aux yeux étincelants, qui chantait, plaisantait, badinait comme si toute sa vie n'était qu'une amusante comédie. Ou avec la douce, l'inconsolable Matari qui sanglotait dans ses bras. Penser à elle réchauffa Oboko, l'aida à faire cesser momentanément les frissons qui secouaient son corps mouillé et froid.

Quand la pluie se mit à tomber plus fort, il sut que les samouraïs allaient devoir tenter quelque chose, et il frémit : dès que la pensée rassurante disparaissait, les réactions de son corps redevenaient incontrôlables. Il regardait les hommes de l'autre côté du ravin, mais son esprit s'affairait à recréer l'image de la Matari en sanglots du soir précédent, quand il l'avait serrée dans ses bras. La chaleur revint. Puis, enfin, il ne vit plus que ses yeux, deux planètes brunes en orbite dans le grand espace blanc, ses yeux brillants, aimants, ses yeux qui le regardaient et ne voyaient que lui. Le tonnerre explosif de l'eau écumante fuyant au fond du ravin s'estompa.

Mais les yeux d'Oboko voyaient toujours – et il vit que la pluie pénétrante qui tombait désormais avait forcé les samouraïs à agir. Trois d'entre eux montèrent à cheval et partirent vers le nord le long du précipice. Les cinq autres se dissimulèrent de l'autre côté du grand pin par rapport à Oboko. Un archer, qui s'était placé derrière un rocher, encocha une flèche et visa directement Oboko. Le moine se baissa instinctivement, mais sans éprouver de peur, un peu intrigué même. Puis, sans qu'il se rendît compte que quelque chose de grave était en train de se passer, il sentit une flèche siffler près de son oreille gauche – si près, en fait, que les plumes de l'empennage l'effleurèrent. La flèche finit sa course en s'enfonçant avec un bruit sourd dans le tronc d'un arbre derrière lui. Il se cacha entièrement derrière son rocher.

« Par le grand Bouddha ! », lui souffla à l'oreille le spectre d'Izzi. Il n'éprouva d'abord rien de particulier, puis il fut envahi par une grande animosité à l'encontre de ce samouraï présomptueux qui l'avait presque tué. Les hommes qui le traquaient devinrent dans son esprit des fous furieux, des assassins. Il réprima l'envie de se mettre debout et de leur faire un sermon. Il jugea plus utile de jeter un coup d'œil à ses ennemis. L'archer avait changé de position, mais à l'instant même où il le retrouva, une deuxième flèche le rata d'au moins cinq ou six centimètres et disparut en sifflant dans les fougères du sous-bois. Mais ce qui horrifia particulièrement Oboko, c'était qu'il avait eu le temps d'apercevoir un homme en train de traverser le ravin, et qui avait déjà parcouru un tiers du trajet.

Il encocha maladroitement sa seule et unique flèche : ses mains tremblaient, ses doigts étaient gourds. Pour pouvoir bien tirer, il lui faudrait se mettre debout ; or s'il se mettait debout, même pour un bref instant, il était mort. Oboko s'assit. Il lui faudrait attendre, puis tirer dans une position inconfortable. Son bras gauche serait visible, et pourrait servir de cible à l'archer de l'autre côté du ravin, mais le reste de sa personne resterait, espérait-il, caché.

Une flèche ricocha contre son rocher. D'où il était, il ne pouvait voir que le dernier tiers du pin. Sur ces cinq ou six mètres, et par deux fois au moins, il n'y aurait absolument rien pour soustraire à sa vue le samouraï en train de ramper. À moins de quinze mètres, ce serait une cible facile, même si Oboko tirait dans une mauvaise position. Il importait surtout de ne pas le rater, et de le tuer sur le coup.

« Arrière ! cria-t-il, impulsivement, à l'homme qu'il n'osait même pas essayer de regarder.

— Izzi ! » hurla quelqu'un de l'autre côté du ravin, comme en réponse.

Une trêve ? Oboko commença à se relever pour jeter un regard par-dessus le rocher, mais il se ravisa. Il décida plutôt de poser son arc par terre, puis de prendre sa flèche et d'accrocher sur la pointe un bout de tissu provenant de sa cape. Il brandit cet épouvantail rudimentaire, et quand celui-ci fut élevé d'une dizaine de centimètres au-dessus du rocher, une flèche le lui arracha des mains.

Il se mit à trembler épouvantablement ; il se voyait passer le reste de sa vie terré derrière ce rocher, à écouter le rugissement du torrent, à sentir la pluie lui fouetter le visage, à éviter les flèches qui siffleraient et ricocheraient tout autour de lui pour toute l'éternité. Le samouraï qui rampait sur le pin n'était qu'à quatre mètres du bout de l'arbre. Dès qu'il atteindrait les deux rochers, il serait hors de portée.

Oboko et le samouraï échangèrent un regard. Le moine reprit son arc et encocha la flèche ; l'homme cligna lentement des yeux, puis baissa la tête et recommença à ramper.

« Arrière ! » répéta Oboko.

Il savait bien, pourtant, que ce samouraï ne rebrousserait jamais chemin.

Il tendit le bras gauche, tira sur la corde, visa la cuisse du samouraï. La pluie tombait de plus en plus fort. Oboko ne tremblait plus.

Une flèche transperça sa cape, tout près de son poignet gauche. Son bras en fut déporté de quelques centimètres. Il fallut tout recommencer : encocher la flèche, tirer sur la corde, viser. Incroyablement, le guerrier avait presque entièrement disparu derrière la dernière grosse branche de l'arbre. Il détendit l'arc. Il ne lui restait plus qu'une seule chance ; s'il ratait sa cible, il signait l'arrêt de mort de Matari. Et le sien, bien sûr. S'il atteignait sa cible, l'homme mourrait. Et ensuite... ?

Tandis qu'Oboko le regardait, le samouraï, trapu et brun comme un petit ours, émergea de derrière la branche. Il arriva à l'endroit où Matari était tombée, un espace de deux mètres complètement ouvert. Par le grand Bouddha, pensa Oboko, cet homme a du cran : ramper sous une pluie battante, au-dessus d'un précipice, tout en risquant à tout moment d'être frappé par une flèche. Pourquoi risquait-il ainsi sa vie ? Pour qui ? Une nouvelle flèche passa à une trentaine de centimètres de la tête d'Oboko – mais sa tête n'était pas exposée. Sans plus attendre, il leva l'arc, tira sur la corde, visa et relâcha, en un geste ininterrompu. Le samouraï sur l'arbre émit un grognement : la flèche s'était enfoncée avec un bruit sourd dans sa cuisse. Il perdit l'équilibre, mais réussit à attraper une branche et demeura suspendu dans les airs, exactement comme Matari. Oboko avait l'impression que tous ces événements ne s'étaient produits qu'en l'espace de quelques minutes.

L'homme était petit, mal rasé. Il était suspendu, immobile, silencieux. Il regardait Oboko d'un regard dénué d'expression. La flèche avait entièrement traversé sa cuisse gauche, et la pointe venait piquer l'intérieur de sa cuisse droite. Oboko entendait des cris provenant de l'autre côté du ravin, où semblait régner une activité assez intense.

Oboko baissa les yeux, regarda la terre humide à ses pieds, puis, rapidement, brièvement, il examina le tronc de l'arbre tout entier. Personne d'autre n'essayait de traverser. Le samouraï, impuissant, seul, resta suspendu encore un moment. Il n'avait plus de force dans les jambes ; le seigneur Arishi n'était pas là pour le sauver. Puis (Oboko ne le regardait pas directement mais il voyait tout très bien du coin de l'œil) le samouraï tomba et disparut au fond du gouffre.

Il pleuvait à verse, ce qui obscurcissait la vue d'Oboko. Il voulut examiner une deuxième fois le tronc de l'arbre, et il entendit une flèche siffler tout près de lui. Il fallait partir. Il se cacha derrière le rocher, y appuya son arc de façon que la pointe en fût visible pour ses assaillants, puis il se mit à ramper à reculons dans la boue et les aiguilles de pin. Il s'efforçait de ne pas être vu, car il savait que sa vie en dépendait. Sa seule chance était de retarder autant que possible le moment où les samouraïs commenceraient à traverser le ravin. Mais il pleuvait si abondamment désormais que la menace que représentait l'arc d'Oboko n'importait plus. Le tronc mouillé était trop glissant, et il serait trop risqué pour les samouraïs de traverser. Oboko, évidemment, ne pouvait pas savoir ce qu'ils feraient.

Il sentit que le terrain s'inclinait légèrement. Quand il eut encore rampé quelques mètres, il se redressa et, le dos penché, il partit en trottant. Il s'agissait désormais de retrouver Matari. Et Izzi. Et le seigneur Arishi.

À cause de la pluie, il était très difficile de voir les traces de ses compagnons. Il descendait la pente en courant, tombait et glissait dans la boue. Tous les dix mètres, il criait. Il s'essuya le front avec ses manches, essaya de trouver un indice de leur passage, mais il ne vit que des aiguilles de pin, des cailloux, des rochers, des flaques et des ruisseaux de boue – et tout cela, il l'entraînait avec lui dans ses glissades.

Il courait et dérapait depuis environ une dizaine de minutes quand il entendit un cri en réponse à ses appels, derrière lui, un peu à droite. Non sans difficulté, il remonta la pente dans cette direction. Il n'y voyait rien ; il appela donc de nouveau, et trouva enfin Matari, debout, le dos contre un escarpement rocheux. Quand il arriva jusqu'à elle, ils se jetèrent dans les bras l'un de l'autre et s'étreignirent sous la pluie.

Cette étreinte dura peut-être quinze secondes. Oboko ne voyait rien de plus que la noirceur humide de sa chevelure et, au-delà, une véritable muraille de pluie. Elle le repoussa doucement et le mena par la main le long de la falaise. Soudain, elle se pencha et passa sous une saillie. Oboko la suivit et découvrit une sorte d'espace libre entre deux formations rocheuses, de cinq ou six mètres de profondeur et d'un peu plus d'un mètre de largeur, comme une bouche. Y étaient assis, mouillés et épuisés, Matari, Izzi et, tout au fond, Arishi. Des arbustes et la pluie dissimulaient en partie leur abri. Oboko se laissa tomber à côté d'Izzi, le long du mur, à peu près au centre du refuge. La pluie tombait avec une telle force qu'il savait, sans se le formuler consciemment, que la chasse était momentanément interrompue, peut-être même jusqu'à l'aube.

Protégés par l'immense couche de rochers au-dessus d'eux, ils étaient assis dos au mur et regardaient la pluie, qui était si abondante qu'ils avaient l'impression d'être cachés derrière le rideau d'une chute d'eau. Le vent poussait l'eau de gauche à droite par rapport à eux, de sorte qu'ils étaient effectivement protégés, même si leur abri n'avait qu'un peu plus d'un mètre de profondeur. La seule humidité qui les incommodât était celle du roc qui formait une corniche au-dessus d'eux : une zone humide ne cessait d'avancer de l'extérieur vers l'intérieur, laissant tomber des gouttes de façon sporadique.

Oboko était mouillé, il avait froid, ses cuisses lui faisaient mal après cette longue chevauchée, ses genoux étaient endoloris après la traversée du pin, ses bras souffraient après avoir tiré à l'arc et en raison des nombreuses chutes qu'il avait subies. Izzi parlait des dons quasi démoniaques du seigneur Arishi, qui était parvenu à les suivre, Matari et lui, malgré la pluie et la boue, et en dépit de sa blessure à la jambe, alors qu'ils avaient décidé de l'abandonner – mais

Oboko l'entendait à peine. Les yeux à demi fermés, inerte, il regardait le mur d'eau qui tombait devant lui, il écoutait le grondement des gouttes qui s'abattaient violemment sur le sol, sur les rochers et les arbres que l'on voyait à peine. Dans le petit espace où ils se trouvaient, il remarqua quelques cailloux, des fourmis, des brindilles, des excréments d'animaux. Pas assez de bois pour allumer un feu, même tout petit, cependant. Rien à faire. Il s'appuya donc contre la paroi rocheuse derrière lui et attendit, comme le spectateur d'un théâtre attend que se lève le rideau et que commence l'acte suivant.

CHAPITRE XIV

Oboko s'endormit. Ou sommeilla, plutôt. Et il rêva. Ou, à tout le moins, la réalité acquit des qualités oniriques. Juste après son arrivée, tandis qu'Izzi parlait, Oboko avait regardé, de l'autre côté de son ami, Matari, qui avait fermé les yeux et se reposait. Ses cheveux, son visage, son corps entier étaient mouillés, de grandes taches brunes souillaient sa robe blanche, de longues mèches noires et humides la sillonnaient. Puis il avait lui aussi fermé les yeux, il avait baissé la tête, avant même qu'Izzi eût fini de parler. Le crépitement de la pluie couvrait presque les paroles d'Izzi. Il tenta de se réchauffer en pensant à Matari, à ses yeux. Il avait peut-être dormi, paisiblement, avec ces yeux qui l'observaient, qui flottaient, sereins, dans le ciel gris de cette interminable journée, qui voguaient sur les turbulences blanches d'un torrent en cascade, qui s'étendaient tranquillement sur la verte vallée qui les invitait et les attendait.

Une fois, il fut tiré de son demi-sommeil : il avait vu avec une précision saisissante le grand sabre du seigneur Arishi – une part de lui se souvenait pourtant qu'il était sans doute resté attaché à la selle d'un des chevaux – reposant sur le coussin de soie d'une verte pelouse. La lame argentine et étincelante offrait un contraste étonnant et magnifique avec le vert de l'herbe, mais cette image, qui avait fait disparaître les yeux de Matari, le rebuta. Il tenta de s'emmitoufler dans sa cape humide et frissonna. Il essaya une fois de plus de recréer l'image des yeux de Matari, espérant par l'imagination mettre fin aux froides irruptions de la réalité.

Il avait retrouvé ses compagnons depuis moins de vingt minutes, mais, à l'abri de la pluie sous ce surplomb rocheux, il lui sembla s'être à nouveau endormi, car une obscurité étouffante s'était rassemblée autour de lui. Puis la voix d'Izzi commença à percer paresseusement le mur de son inconscience, mais Oboko ne se préoccupa pas du tout de découvrir ce que disait le poète. Il se rendit compte, pourtant, qu'Izzi marquait des pauses de temps à autre, et que Matari disait aussi quelque chose. Il s'efforça immédiatement, malgré les ténèbres de ses yeux fermés et de l'univers onirique qui l'occupait, d'écouter, d'entendre autre chose que l'envahissant rugissement de la pluie, de traduire ce que disait la voix claire, douce, paisible. Izzi et Matari parlaient probablement depuis plusieurs minutes, à voix basse, quand enfin Oboko prit conscience de leur conversation. La pluie battait le sol comme un tambour assourdissant, mais Matari enfin ouvrit une brèche dans les remparts de son esprit. Il retrouva la réalité oubliée – ou était-ce plutôt un rêve plus ancien ?

« Je... Merci », disait-elle doucement à Izzi.

Puis le bruit de la pluie revint, comme si un robinet avait été fermé puis rouvert après ces mots.

« Je ne suis qu'un poète qui observe le monde », dit Izzi après une pause.

Bruits de pluie.

« Je ne sais pas pourquoi vous avez fait... tout ce que vous avez fait », dit Matari encore plus doucement.

À nouveau, Izzi attendit plusieurs secondes avant de répondre.

« Moi non plus, je n'en sais rien, dit-il enfin, sur un ton sérieux qu'Oboko ne l' avait jamais entendu employer. Il y avait une chose qu'il fallait faire, et puis une autre, et puis... voilà. »

La pluie, brièvement.

« En fait, je suis un héros, reprit Izzi. Un grand poète, un amant légendaire, et un héros. Je suis parfait... à l'exception de ma mauvaise haleine. Mais je n'ai mauvaise haleine que quand je bois. Et je bois tout le temps... »

Matari rit tout juste assez fort pour ne pas être couverte par le bruit de la pluie.

« Je me demande ce qui se serait passé si..., dit-elle, sa voix paraissant de plus en plus claire, si... le seigneur Arishi n'avait pas été le seigneur Arishi, et si vous étiez devenu le poète officiel de la cour de Samika.

— Si j'étais devenu le poète officiel de la cour de Samika, répondit Izzi, votre mari m'aurait vu en train de vous conter fleurette, il vous aurait menacée, vous vous seriez enfuie, et, dans les montagnes, vous auriez été seule ; et nous n'aurions jamais fait connaissance. »

C'était une étrange phrase. Personne ne répondit, et l'on n'entendit que le tambourinement de la pluie. Puis des rires, plus forts que ce bruit, ou s'y intégrant : Oboko crut entendre le rire de Matari et d'Izzi.

« Oui, répondit Matari après un moment. Si nous avions fait connaissance alors que j'étais encore dame Arishi, et que vous étiez le poète de la cour de Samika, nous n'aurions jamais fait connaissance. Oboko et moi non plus, nous n'aurions jamais fait connaissance. Et donc... »

Bruit de la pluie.

« Aujourd'hui, dit Izzi d'une voix rauque, j'ai écrit un poème en votre honneur.

— Ah oui ?

— Je l'ai écrit dans ma tête, il y a de cela peut-être une heure, quand je traversais le ravin en rampant sur le tronc de ce satané pin, et que je m'attendais à tout moment à voir une flèche émerger de mon ventre. »

Bruit de la pluie, cascade du rire de Matari.

« Et c'est à ce moment que vous avez écrit un poème ?

— J'écris mes plus belles œuvres quand rien ne vient distraire mon attention. C'est un poème en votre honneur, en tout cas. Enfin, je crois. Je ne sais pas ce qu'il veut dire. Les grands savants nous le diront plus tard. Écoutez. »

Il y eut une petite pause, puis Izzi récita :

Vois ! un gouffre blanc
Papillon blanc sur un arbre
Peu d'espace entre eux.

Il y eut une autre pause.

« Je ne suis pas certaine d'aimer qu'on me compare à un papillon, commenta doucement Matari.

— En fait, dit Izzi, vous êtes peut-être le gouffre blanc. »

Oboko entendit au loin, en plus du crépitement de la pluie, le sourd grognement du tonnerre. Quand Izzi parla de nouveau, sa voix paraissait d'un sérieux très inhabituel.

« Quand on est en train de tomber dans un précipice, dit-il doucement, et que les rochers au fond se rapprochent à toute vitesse, ce n'est peut-être pas le moment de plaisanter... ou d'écrire des poèmes. »

Petit entracte de pluie, puis Matari demanda :

« Oui ?

— Je crois que ce poème signifie, dit lentement Izzi, entre autres choses, bien sûr, signifie, enfin, que... que je vous aime. »

Le silence, cette fois, fut plus long, et ponctué de lointains murmures du tonnerre. Une goutte d'eau venue de la paroi supérieure tomba sur la nuque d'Oboko. Il était à peine réveillé, ne savait toujours pas si cette scène qu'il entendait était un rêve, mais Oboko attendait la réponse de Matari avec tant d'attention qu'il n'entendait même plus le bruit de la pluie. Mais ce fut la voix d'Izzi qui rompit le silence – une voix transformée, plus forte, plus rude, la voix habituelle d'Izzi :

« Ce qui signifie, je suppose, que je suis enterré sous ces congères de neige depuis trop longtemps. J'ai besoin de baiser. »

Nouveau silence. Un silence absolu, se dit Oboko. Malgré, évidemment, le bruit constant de la pluie.

« En effet, répondit doucement Matari. Je vous comprends parfaitement. »

Ce ne pouvait pas être un rêve : les rêves sont beaucoup moins cohérents. Mais Oboko était si fatigué qu'il était probable qu'il ait dormi quelques minutes avant et après ce petit dialogue. Il n'avait d'ailleurs pas participé à cette conversation, alors que chaque phrase avait flotté dans le ciel serein de sa conscience, comme les planètes des yeux de Matari qu'il cherchait constamment à garder en orbite autour de lui pour le protéger des ténèbres.

Mais la nuit n'était pas encore tombée. Soudain, le seigneur Arishi lui adressa la parole : il ouvrit les yeux et constata qu'il faisait encore jour. Le soleil ne se coucherait pas avant au moins une heure. Oboko tourna le haut de son corps vers la gauche. Arishi était avachi dans une étrange position asymétrique, à deux pas à sa gauche.

« Pardon ? dit Oboko.

— Vous avez tué l'un d'eux, n'est-ce pas ? » répéta le seigneur Arishi.

Ses yeux étaient rouges, il paraissait fiévreux.

« Oui, répondit Oboko en tournant son regard vers la pluie.

— Il a essayé de traverser sur le pin ?

— Oui. »

Le seigneur Arishi suivit les yeux d'Oboko et regarda à son tour le rideau de pluie.

« Un homme plutôt petit, sans barbe, dit-il.

— C'est cela.

— Tapu, dit doucement le seigneur Arishi. S'il n'avait pu traverser sur l'arbre, il aurait tout simplement tenté de sauter le ravin. »

Ils cessèrent en même temps de regarder la pluie et se tournèrent l'un vers l'autre.

« Malheureusement..., dit Arishi, épuisé, Tapu... n'a jamais appris le détachement. Par conséquent, il a commis une erreur. »

Oboko ne répondit pas. Une faim soudaine le tenaillait.

« Il y a une chose que je ne t'ai pas enseignée, mais il... il n'est pas nécessaire de se détacher de tout. Il faut savoir faire preuve de bienveillance. Seulement, parfois, les lois, les règles du jeu, les serments, le caractère des hommes, tout cela peut exiger que l'on abandonne la bienveillance, afin de pouvoir agir.

— Je crois que vous n'avez sans doute jamais fait preuve de bienveillance », dit Oboko, un peu malgré lui.

Ils se regardèrent. Il sembla à Oboko qu'il entendait Izzi et Matari parler derrière lui.

« Parce que je vais tuer Matari ? demanda le seigneur Arishi, apparemment étonné.

— Un homme qui tue Matari, qui aurait l'intention de tuer Matari, ne sait pas ce qu'est la bonté. »

Arishi étira sa jambe blessée et se redressa. Il rajusta sa cape mouillée et souillée de boue.

« Parce que toi, bien sûr, tu débordes de bienveillance envers elle ?

— Oui », répondit Oboko d'une voix basse.

Le regard du samouraï se fit plus féroce.

« Et moi, qui vais la tuer, je suis incapable de bonté ?

— Oui », répéta Oboko.

Il se rendit compte que le froid le faisait frissonner.

« Toi, toi, un vulgaire bout de merde qui s'est collé au talon de Matari tandis qu'elle fuyait, toi, tu es bon, et moi, le seigneur Arishi, son mari... »

Il projeta violemment sa tête et ses épaules vers l'avant et cracha sur Oboko. Le jet de salive l'atteignit au bras et au côté, et disparut en un instant, se confondant avec l'humidité générale de ses vêtements.

« Il vaut mieux..., commença Oboko en essayant de toujours soutenir le regard féroce du samouraï.

— Tu étais où, dis-moi, pendant toutes ces années où Matari et moi avons tenu l'une des cours les plus glorieuses du pays, où cent samouraïs se pliaient à nos moindres désirs, où nous vivions ensemble, chantions ensemble, chassions ensemble, couchions ensemble ?

— Je crois...

— Où étais-tu quand le shogun est venu à Samika ? Quand Matari, au troisième rang de la procession royale, avait tant émerveillé le peuple amassé le long des routes par sa grâce et sa beauté que le shogun ne cessait de se retourner pour voir quel incendie, quel accident avait eu lieu et provoquait tous ces soupirs et tout cet émoi chez ses sujets ?

— Vanité, que tout cela, dit Oboko en haussant les épaules.

— Et où étais-tu quand Matari, resplendissante de bonheur, a donné naissance à mon fils ? »

Le tonnerre gronda à nouveau au loin. Oboko, abasourdi par toutes ces questions, ne dit rien. Il réussit avec peine à ne pas détourner les yeux.

« Et où étais-tu, dis-moi, quand on a amené mon fils dans nos appartements, avec le crâne cassé comme une pastèque écrasée ? Où étais-tu, quand nous nous sommes étreints dans le noir, pour nous réconforter ?

— J'étais là où j'étais, répondit enfin Oboko désespérément. Et je suis ici maintenant, et je veux le bien de Matari, et je ne la laisserai pas mourir.

— Et où étais-tu, dit encore le seigneur Arishi, la voix basse, les yeux rouges et féroces, où étais-tu quand ont commencé les chuchotements, les regards en coin, et l'expression de peur que je découvrais soudain sur le visage de courtisans qui jusque-là ne m'avaient jamais regardé qu'avec amour et vénération ?

— Il y aura toujours des ragots.

— Et puis il y a eu, enfin, aussi inattendus, aussi incroyables que si j'avais entendu des serpents siffler, il y a eu les ricanements.

— Plus un homme est grand - ou une femme -, et plus il s'en trouvera pour chercher à l'humilier.

— Je suis un homme d'honneur, continua le seigneur Arishi, et ma femme, par définition, est aussi une femme d'honneur. Je suis simplement allé la voir, et je lui ai dit : "Prends garde, Matari, des punaises veulent te sucer le sang, et celui du seigneur Tariku." »

Oboko se tut et le laissa terminer son récit. Son visage n'exprimait plus la férocité, mais seulement la volonté de décrire ses souvenirs avec exactitude.

« Elle m'a regardé, les yeux grands ouverts, sereine, belle – toujours aussi belle, comme elle est belle maintenant. Même maintenant, trempée, en haillons, couverte de boue, elle est si belle. Et enfin, elle m'a répondu : "Je prendrai garde." »

Il regardait Matari par-dessus l'épaule d'Oboko. Il pleuvait un peu moins fort : c'était moins le rideau annonçant l'entracte, pensa le jeune moine, que l'éclat scintillant et irrégulier des feux de la rampe qui aveugle les spectateurs assis aux premiers rangs et les empêche de voir les acteurs.

« "Je prendrai garde", m'a dit Matari, continua le seigneur Arishi, et elle m'a souri. Elle m'a souri. "Le seigneur Tariku est un samouraï à votre service. Bannissez-le." Mais je ne renvoie pas un samouraï sur la base de ragots ou de racontars. Le bannir, c'était me causer à moi-même, et à mon épouse, une humiliation publique dont je n'aurais jamais pu me laver. Non, non, jamais. Quand je parle, je m'exprime directement, je dis la vérité, et j'attends en retour qu'on me dise la vérité. Car là où commence le mensonge, l'honneur meurt, l'univers s'écroule, et nous ne sommes plus que des porcs se vautrant dans la fange. »

Les yeux du seigneur Arishi se posèrent sur Oboko. Les larmes qu'il avait cru y déceler avaient disparu. Il paraissait épuisé, mais son visage était impassible.

« Seulement, les regards de mes serviteurs, dans lesquels j'avais toujours vu de la peur, reprit-il lentement, rêveusement, ont commencé à éviter le mien : ils avaient honte. Les ricanements dissimulés, étouffés, sont devenus de flagrants éclats de rire moqueurs.

Bien entendu, ces rires pouvaient toujours s'expliquer par quelque raison indirecte, extérieure... Mais il n'y avait aucun doute possible. Et moi... (il semblait désormais se forcer à parler, comme s'il fallait à tout prix achever ce récit) ... et moi, j'étais patient. Je faisais confiance. Je n'étais pas jaloux. Je n'ai rien fait pour m'assurer de la fidélité de Matari. »

Il fit une brève pause.

« Un jour, je l'ai vue au loin, sur Konlo, son cheval, se dirigeant vers le sud, à l'extérieur de la ville. Beaucoup plus tard, je lui ai demandé où elle était allée, et elle m'a répondu qu'elle avait passé l'après-midi à la librairie, et qu'elle s'y était rendue en chaise à porteurs. Elle m'avait donc menti. »

Il cessa de parler. Oboko se dit que ce petit déplacement pour aller à la librairie, que ces quelques mots : « Elle avait menti », que tout cela représentait, pour le seigneur Arishi, la fin de l'histoire. Elle avait menti, elle s'était déshonorée, elle devait donc mourir.

« Elle a vu mon expression quand j'ai entendu sa réponse, reprit le seigneur Arishi. Elle a su immédiatement que je savais et elle m'a annoncé - elle avait encore malgré tout un peu d'honneur -, elle m'a annoncé qu'elle allait partir. Elle ne m'a accusé de rien - nous nous étions pourtant souvent disputés, autrefois, à cause de ses caprices complètement fous et déraisonnables. Elle ne m'a pas demandé pardon, elle n'a pas dit un mot au sujet de Tariku, elle n'a pas parlé de jalousie, ni de mariage ou de serments ou d'amour. Elle a simplement dit : "Je vais partir." »

Nouveau silence, plus serein.

« Bien entendu, il était impensable de la laisser partir, même seule, sans être accompagnée d'un homme de haute naissance, même si elle devait ensuite disparaître pour toujours et trouver une toute nouvelle vie ailleurs. Jamais, jamais, jamais. Bien entendu, elle devait mourir.

— Laissez-la partir, dit Oboko.

— Matari a peut-être cessé d'être Matari, mais Arishi ne cesse pas d'être Arishi pour autant. Tant qu'elle vit, l'honneur et les serments n'ont plus aucun sens. Les fondations sur lesquelles mon univers repose tombent et s'écroulent. Je ne la tuerai pas parce qu'elle n'a pas d'importance pour moi (ses yeux fixés sur Oboko avaient retrouvé leur férocité), mais parce que si je ne la tue pas, cela signifiera que le seigneur Arishi est mort et indifférent. Matari est la pomme d'or du soleil, et si on ne la cueille pas aussitôt, elle pourrira et dégagera la pire puanteur de viscères empoisonnés qu'homme ait jamais humée.

— Vous avez perdu la raison, dit Oboko. Ce n'est pas une pomme d'or, ou un serment, ou une sainte quelconque que l'on doit purifier d'un coup d'épée au moindre péché. C'est une femme, un être humain. La tuer serait un terrible gâchis.

— Seule sa mort peut redonner du sens à ma vie, dit le seigneur Arishi en détournant les yeux. Si elle vit, ce sera l'anarchie.

— Alors il faut choisir l'anarchie.

— Blasphème !

— Tout est préférable à tuer Matari. »

Tout en grimaçant de douleur, Arishi replia sa jambe blessée contre sa poitrine. Quand il acheva le mouvement, sa grimace se transforma tout naturellement en un sourire railleur.

« Et la chasse a été intéressante, elle présentait des obstacles considérables, la proie en était estimable. La mise à mort, après tant d'efforts consentis, n'en sera que plus magnifique.

— Ce sera un meurtre, inutile, dément, cruel.

— Un acte magnifique, et juste. »

Dégoûté, anxieux, Oboko se retourna et, derrière Izzi, il ne vit... personne. Matari n'était plus là. Un court instant, il se demanda si son état de demi-sommeil était bel et bien terminé, ou s'il rêvait. Izzi, appuyé contre la paroi, yeux fermés, faisait penser à une statue de cire.

« Izzi », dit Oboko.

Il tendit le bras et mit la main sur son épaule.

Son ami tourna la tête et ouvrit les yeux.

« Où est Matari, Izzi ? »

Il le regarda quelques secondes, puis il ferma les yeux et reprit sa position précédente.

« Où est-elle ? demanda Oboko d'un ton pressant.

— Elle est peut-être allée pisser », suggéra Izzi sans bouger.

À genoux, Oboko alla se placer devant son ami et le prit par les épaules pour le secouer. Izzi ouvrit les yeux.

« Elle est partie ! s'écria Oboko.

— Oui, je t'ai entendu.

— Tu l'as laissée partir ! »

Oboko émit un grognement désespéré. Izzi scruta un moment les yeux angoissés du moine, puis il dit :

« Certains poèmes doivent s'écrire sans mots. »

Oboko se tourna pour regarder la pluie tomber, puis, soudain, il se leva et traversa le rideau en pataugeant dans la boue. Dans la pâle lumière de l'après-midi finissant, sous le ciel gris et la pluie continue, quoique moins forte, Oboko descendit la pente en courant, en glissant. S'il ne trouvait pas Matari, la douleur serait si intense qu'il se mettrait à crier et crierait pour toute l'éternité.

Il perdit l'équilibre et tomba sur ses mains, s'entailla le bras sur une roche, mais se releva aussitôt. Il étouffait de rage, une rage dévorante, contre la pluie, la boue, chacun des cailloux qui ralentissait sa course.

Après avoir parcouru une trentaine de mètres, il cria son nom, sans cesser de courir. Il avançait en trébuchant quand il découvrit, parmi les arbres et les rochers, une sorte de sentier érodé. La pluie provoquait en tombant de petites explosions brunâtres, l'eau s'écoulait le long de petites ornières louvoyantes. Pas de buissons, pas de gros rochers pour le ralentir, mais la terre mouillée était glissante. Il tomba d'ailleurs une nouvelle fois, roula sur lui-même, puis se releva, comme si tout cela suivait une chorégraphie soigneusement préparée.

Il courait sous la pluie, descendait la pente et, enfin, devant lui, il la vit. Il l'appela une deuxième fois, mais elle poursuivit sa route sans se retourner, sans se détourner de ce sentier imprégné d'eau. Il accéléra, chaque pas devant être calculé comme les mots dans un poème. Dix secondes plus tard, il l'avait presque rejointe. Il cria son nom une troisième fois. Ils couraient en pataugeant, Oboko tendit la main, lui saisit le bras et, par ce geste même, les fit tomber tous les deux en arrière. Ils descendirent la pente en glissant dans la boue, mais se tournèrent pour se faire face tout en glissant, et il put brièvement apercevoir l'image explosive de son visage, mouillé de pluie et de larmes, couvert de boue, et de ses yeux pleins d'amour et de haine et d'effroi, avant de l'embrasser.

Il appuyait son corps contre le sien, sa bouche contre la sienne, comme s'il voulait par cet effort dément, merveilleux, fusionner avec Matari, pour toujours, pour qu'ils fussent toujours, toujours ensemble. L'amour, le doute, le chagrin, la peur se déversaient en lui comme quatre torrents formant une vaste cascade et se jetant, après une chute extatique, dans le grand océan qu'ils avaient toujours désiré rejoindre.

Ils s'étreignirent longtemps ainsi, dans la boue, sous la pluie, jusqu'à ce qu'Oboko sente revenir l'impuissance douloureuse qu'il avait ressentie quand il la pourchassait, mais métamorphosée, devenue libre, fluide, comme un besoin triomphant. Ils cessèrent de s'embrasser et il s'empara de la soie blanche de sa robe mouillée, pour l'arracher, tâtonna, agrippa, tira, dénuda Matari et pénétra en elle avec un grand gémissement.

Ils s'embrassèrent à nouveau, leurs corps à l'unisson, enfin libres. Ils s'étreignaient, gémissaient, ne voyaient pas le crépuscule descendre, ne sentaient plus la pluie, ne pensaient plus à la boue froide, ne se préoccupaient pas des cailloux qui roulaient sous eux. Leur acte d'amour se termina en une explosion, en un immense éclat de lumière blanche qui sembla mettre fin à tout ce qui avait précédé. Les gouttes de pluie tombaient des arbres, s'enfonçaient dans la boue du sentier, nettoyaient les plaques de boue qui collaient à leurs vêtements et à leur peau. Ils frémissaient encore. Partout, répandus sur le sol, de petits pétales blancs de fleurs de cerisier.

Chapitre XV

Quand ils reprirent conscience du monde qui les entourait, la nuit était presque tombée. Leurs corps, leurs vêtements, couverts de la boue dans laquelle ils s'étaient allongés et avaient fait l'amour, étaient visqueux. Il ne pleuvait presque plus, et les gouttes rainuraient les taches sans plus vraiment détacher la vase. À cause de l'obscurité sans cesse plus épaisse, de la boue, du froid humide, des étranges pétales blancs qui collaient à leur peau comme des insectes, ou peut-être à cause de leur acte d'amour, ils ressentaient tous deux une vague appréhension. Sans parler, ils se rhabillèrent, tentèrent de se laver mutuellement le visage, puis, main dans la main, ils remontèrent la pente et tâchèrent de retrouver, avant la nuit complète, l'abri rocheux d'où ils s'étaient enfuis.

Ils ne se pressaient pas, échangeaient des regards de temps à autre. La pluie les laissait indifférents. Ils remontaient la pente, presque malgré eux, et ils retrouveraient bientôt Izzi et le seigneur Arishi, comme s'ils avaient tous appartenu à une même famille qu'il était impensable de séparer. Ils devaient avoir marché plus de soixante mètres quand ils aperçurent, debout sur une corniche dix mètres devant eux, en hauteur, un homme, ange noir contre les derniers pâles rayons de lumière venus de l'ouest, qui les regardait. C'était le seigneur Arishi.

Ils s'arrêtèrent et le regardèrent. Ils se tenaient toujours la main. Bien au-dessus d'eux, il les observa de près pendant une trentaine de secondes, impassible, froid. Mouillés, tout débraillés, couverts de boue, ils le regardèrent en retour. Puis Oboko rompit le silence :

« Où est Izzi ?

— Pendant que vous forniquiez dans la gadoue, répondit lentement Arishi, Izzi écrivait un magnifique poème.

— Où est-il ? répéta Oboko.

— Là. »

Le seigneur Arishi se déplaça d'un pas, et poussa du pied un cadavre qui roula jusqu'au bord de la corniche et tomba hideusement aux pieds de Matari et d'Oboko. C'était Izzi. Ses yeux étaient ouverts, le sang coulait encore d'une large plaie sur son cou. Les viscères sortaient de son ventre, par une blessure béante, et se répandaient sur le sol.

Stupéfaits, choqués, Matari et Oboko regardaient en silence leur ami mort. Puis elle tomba à genoux et se pencha sur le visage du poète. Oboko s'agenouilla en gémissant à côté d'elle et caressa doucement, horrifié, hébété, les cheveux et la peau d'Izzi, regarda ses yeux qui ne voyaient plus rien.

« Le dernier poème funéraire d'Izzi était incontestablement le plus beau, dit le seigneur Arishi du haut de sa corniche, sa voix impassible. C'était un poème sans mots. » Oboko leva les yeux et regarda cet homme qui les toisait, qui les jugeait, qui paraissait si convaincu de la véracité des principes pour lesquels il tuait. Le moine, poings fermés, bras dressés au-dessus de la tête, poussa alors un long et retentissant hurlement. Sa colère, sa peur, son amertume, sa culpabilité, sa haine... Son cri fit couler toutes ces émotions qui pourrissaient en lui. Et quand, hors d'haleine, il se tut, il se laissa tomber par terre pour regarder de près les yeux absurdes et sans vie d'Izzi.

Ils avaient trouvé exactement ce qu'ils avaient craint de trouver, et cela étant, ils ne savaient plus ce qu'ils devaient faire. Oboko mit la main sur l'épaule de Matari. Ensemble, ils se relevèrent. Elle pleurait, et même debout, elle penchait la tête vers Izzi. Oboko voulut l'emmener doucement, mais elle résista et leva les yeux vers le seigneur Arishi.

« Comme toujours, pour toi, dit-elle, l'honneur, c'est la mort des autres. »

Il les regardait, aussi rigide et immobile qu'une statue de granit.

« Tu n'as aucun honneur, répliqua-t-il.

— Je vais fuir ta justice jusqu'à ce que... »

Elle s'interrompit et se réfugia en sanglotant dans les bras d'Oboko.

« Jusqu'à ce que ma justice soit faite », finit le seigneur Arishi.

CHAPITRE XVI

Oboko prit Matari par les épaules, la fit tourner. Ils s'éloignèrent d'Arishi et du corps d'Izzi. La nuit était presque tombée. Le samouraï était libre, il avait l'épée d'Izzi, mais quand Oboko se retourna, après avoir redescendu la pente pendant une trentaine de secondes, il vit que la silhouette noire n'avait pas bougé. Peut-être à cause de sa jambe blessée. Les guerriers du seigneur Arishi ne les avaient pas encore retrouvés. Protégés par la pluie et l'obscurité, ils seraient bientôt hors de danger, pensa Oboko – pour quelques heures.

Main dans la main, ils redescendirent en hâte la pente boueuse qu'ils venaient tout juste de remonter, dépassèrent l'endroit où ils étaient tombés et avaient fait l'amour. Là où ils s'étaient allongés, une petite nappe emplie d'une eau d'une clarté remarquable avait commencé à se former. Ils se retrouvèrent au bord d'une falaise. Il fallait choisir : repartir en direction du ravin, ou grimper quelques rochers et s'engager sur le flanc d'une colline couverte d'arbres. Ils préférèrent s'éloigner du ravin. Ils glissaient sur les rochers humides, et ils commençaient à perdre le sens de l'orientation dans l'obscurité. Un éclair – le premier de cette longue journée tempétueuse – zébra le ciel, et ils purent constater que la colline dont ils avaient entrepris l'ascension était pratiquement infinie. En fait, ils étaient probablement en train de remonter la montagne. Le troisième éclair – le bruit du tonnerre qui l'accompagna parut si lointain qu'on aurait dit qu'il s'agissait d'un dieu paresseux s'éclaircissant la gorge – leur permit d'apercevoir l'entrée d'une caverne. Ils se hâtèrent de s'y rendre.

L'obscurité était totale, quoique interrompue occasionnellement par les éclairs : la nuit, les nuages, la pluie s'unissaient pour établir sur le monde les ténèbres les plus absolues. Un orage approchait, entouré çà et là d'éclats lumineux. La caverne était trop basse pour qu'ils pussent s'y tenir debout, sauf à l'entrée, mais elle s'enfonçait de cinq ou six mètres dans le roc et, en dépit de cette petite superficie, on s'y sentait plus au chaud que sous la pluie froide qui tombait à l'extérieur. Oboko en fit rapidement l'exploration, trouva le sol sec et relativement propre. Il retourna auprès de Matari, qui l'attendait à l'entrée. Il y eut un nouvel éclair et il vit que s'étalait sous eux une vallée où poussaient arbustes, cerisiers et pruniers. Tous les deux, dans l'obscurité entrecoupée d'éclairs, enlevèrent leurs bottes et retirèrent un à un leurs vêtements boueux et déchirés. Ils n'avaient rien à manger, rien pour allumer un feu, ils n'avaient pas de récipient dans lequel recueillir l'eau de pluie, pas de couverture sur laquelle s'étendre, pas de vêtements secs pour couvrir la nudité de leur chair. Ils se blottirent l'un contre l'autre, et rien ne leur manqua plus.

Ils retournèrent sous la pluie afin de se laver : chaque geste, une caresse qui essuyait la boue. Quand le noir était complet, ils se contentaient de frotter de leurs mains la peau mouillée de l'autre. Quand un éclair offrait un bref moment de clarté, ils se concentraient sur un point précis jusqu'à ce que leurs caresses réunies l'eussent entièrement lavé. Quand ils eurent terminé, Oboko se plaça derrière Matari et passa ses doigts comme un peigne dans ses épais cheveux. Penchée vers l'arrière, elle recevait la pluie sur le visage et laissait sa tête dodeliner au gré des mouvements d'Oboko. Il la peigna ainsi longtemps. Ses cheveux, si doux, si soyeux quand ils étaient secs, étaient lourds ; ils s'amassaient entre ses doigts, puis lui échappaient, comme un animal mouillé et insaisissable. Il s'arrêta enfin, car ses doigts lui faisaient mal. Elle se retourna et, face à face, aussi doucement que possible, comme si tout contact un peu trop rude avait pu les tuer, ils se lavèrent le visage. Quand cinglait un éclair – désormais presque aveuglant –, le visage de Matari apparaissait à Oboko comme dans un rêve, tout près du sien, puis il disparaissait, redevenait douceur au bout de ses doigts qui paraissaient trembler quand, quelques secondes plus tard, commençait à gronder le tonnerre.

Les éclairs explosaient, le tonnerre rugissait tout autour d'eux, une lourde pluie les arrosait. Ils restèrent pourtant longtemps immobiles, à se caresser le visage, bien après que le dernier vestige de boue eut été lavé. Puis, enfin, ils s'étreignirent et se tournèrent pour regarder, à la lumière intermittente des éclairs, la petite vallée, pour affronter les roulements incessants du tonnerre. Oboko ne ressentait ni la faim, ni le froid, ni la peur – il n'éprouvait qu'admiration pour cet univers incroyable qu'il habitait, et qui n'était plus que pluie, éclairs, vent et tonnerre, et paix et silence et chaleur tels qu'il n'en avait encore jamais connu. L'orage de printemps se déplaçait vers le nord et perdait de son intensité. Ils ramassèrent leurs vêtements mouillés et entrèrent enfin dans la caverne, en rampant comme des animaux qui retrouvent leur terrier, l'un derrière l'autre, et se réfugièrent tout au fond. Ils entassèrent leurs vêtements sur le sol, puis ils s'allongèrent et s'embrassèrent. Peau contre peau, bouche contre bouche, sur le dur sol rocheux, près de leurs vêtements mouillés, ils firent l'amour dans le noir.

Ils firent l'amour dans le noir. Une demi-heure après leur entrée dans la caverne, la pluie cessa de tomber. Ils ne pouvaient pas du tout se voir, ils ne pouvaient rien voir que le noir le plus profond, aussi profond que le monde du sommeil dans lequel ils sombrèrent par moments, et cela dura jusqu'à l'aube. Même les sons ne parvenaient plus jusqu'à eux : la pluie, qui leur avait semblé éternelle, comme la neige des jours précédents, avait cessé, et le vent était tombé. Le ravin était loin et, du fond de leur cachette, le monde ne les atteignait plus.

Dans les ténèbres, chaque bruit, chaque contact paraissait amplifié ; Oboko murmurait ce nom, « Matari », et l'univers entier se remplissait de ces syllabes. De même, lorsque les doigts froids de la jeune femme, ou ses lèvres chaudes, frôlaient le visage et le cou d'Oboko, ces gestes transmettaient tout l'amour qu'elle éprouvait pour lui – car, cette nuit-là, ils se touchèrent mais ne parlèrent pas. Qu'auraient-ils pu dire, eux qui ne se connaissaient que depuis trois jours et qui n'avaient vécu ensemble qu'une série de moments horribles, eux qui n'avaient peut-être même pas trois jours ensemble devant eux ? L'avenir ne leur offrait que la perspective de nouvelles horreurs, pires encore que celles qu'ils venaient de vivre. Seul le présent, seuls leurs corps existaient. Une seule phrase, leur semblait-il, au sujet de leur passé ou de leur avenir, aurait fait entrer le monde extérieur dans le cocon de leur caverne, et cela n'aurait pu mener qu'au chaos.

Ils oscillaient ainsi de la joie noire et douloureuse aux noirs espaces du sommeil, et consacraient les quelques instants de conscience entre les deux à énoncer des banalités, à parler de la dureté du sol rocheux, de l'humidité, de l'étrangeté de ce silence absolu, du réconfort qu'ils se donnaient l'un à l'autre. Une seule pensée se distingua, pour Oboko, de toutes les autres pendant ce temps, une idée qui lui vint tandis qu'il volait haut dans le ciel de ce monde miraculeux qui était soudain devenu le sien : il se dit que Matari démontrait dans la passion la même énergie, la même habileté qui semblait se manifester dans tout ce qu'elle faisait. Des mots tels que « comment » ou « pourquoi » jetèrent brièvement un froid, que la chaleur de ces ténèbres amoureuses eut tôt fait de réchauffer. Il semblait à Oboko, en effet, que la moindre caresse, le moindre geste de Matari exprimait un amour qui n'était ni factice, ni habile, ni faux. Dans l'univers où il vivait, il n'y avait de place que pour l'amour ; la cause et l'effet, la morale, le passé, le futur – tout cela était insignifiant, et il s'en préoccuperait un autre jour.

Chapitre XVII

Quand Oboko reprit conscience, le monde extérieur lui apparut sous la forme d'un disque lumineux à l'entrée de la caverne, comme la gueule d'une créature dont la tête se serait étendue à l'infini de tous côtés. Il frissonnait en se réveillant ; la faim faisait gargouiller son estomac ; il avait la gorge sèche. Matari s'étira et s'assit à côté de lui, puis ils rampèrent ensemble et sortirent.

L'univers qui se déployait devant eux était renouvelé : le soleil était levé depuis deux heures et versait la splendeur de sa lumière sur les crêtes, les arbres, les fleurs, les bourgeons. Non loin, une douzaine de cerisiers étaient en fleur. Toute la petite vallée où ils se trouvaient était baignée de couleurs ; vert, blanc, rose, jaune, orange – toutes les teintes de la vie, enflammées par le soleil matinal. Comme une sorte d'inversion archétypique de l'histoire chrétienne de la Genèse, ils avaient mangé la pomme et avaient été exilés dans cet Éden, loin de la terre horrible où ils avaient vécu jusqu'alors. Cinq ou six oiseaux jaillirent et s'envolèrent prestement ; d'autres chantaient bruyamment dans les arbres à leur gauche.

Oboko regarda vers le sud et, pour la première fois, il aperçut, au fond de la vallée de Lissa, l'ouverture sur la mer d'un bleu chatoyant et paisible.

Ils se regardèrent, non pas avec honte, car ils étaient nus, mais avec curiosité : l'intimité du toucher leur avait tout appris de leurs corps, mais à la lumière du jour, soudain, tout leur paraissait neuf, comme après une renaissance. Ils rirent, frissonnèrent, s'embrassèrent, sourirent bêtement. Ils ne pensaient à rien, ils souriaient, frémissaient, se réchauffaient mutuellement et laissaient le soleil les caresser. La colline formait un hémicycle et recueillait la chaleur du soleil, la concentrait sur eux.

Le sol était encore mouillé. Sur l'herbe, les bourgeons, les feuilles, les fleurs, de fines gouttelettes brillaient comme si la tempête de la nuit précédente avait déposé au hasard de petits diamants. Quand le soleil les eut réchauffés, ils allèrent faire quelques pas sur la terre humide. La boue s'immisçait entre leurs orteils, se glissait sous la plante de leurs pieds ; ils avaient l'impression de marcher sur les huiles de l'amour. Il n'y avait pas de fruits, bien entendu, mais ils cueillirent de l'herbe et des fleurs et les mâchèrent pour se désaltérer. Ils s'agenouillèrent et burent ce qu'ils purent d'eau claire dans les flaques avant que le contact de leurs mains ou de leurs pieds ne les souille de vase.

Quand enfin ils prirent connaissance de leur environnement, ils constatèrent qu'ils s'étaient engouffrés, le soir précédent, dans ce qui était essentiellement une impasse. À leur gauche se dressait une falaise noire, mouillée par la pluie, impossible à escalader. En face d'eux, de l'autre côté de leur étroite vallée, le versant était aussi très abrupt. Le passage n'y était pas impraticable, mais Oboko savait que cela les ramènerait simplement, à partir de l'autre flanc, vers le ravin. Et derrière eux, au-dessus de la colline, se dressait une autre falaise. Ils n'avaient pas le choix : partir voulait dire redescendre la vallée et suivre le ravin vers le sud, la vallée de Lissa et la mer.

Ils remontèrent jusqu'à l'entrée de la caverne et s'assirent, toujours nus, pour profiter du soleil. Ils étaient épuisés et, pour la première fois depuis leur rencontre, ils pouvaient se détendre. Ils échangeaient parfois quelques mots, mais les prononçaient avec difficulté, comme si leurs lèvres, après cette nuit d'amour, avaient été engourdies et meurtries. Ne pouvant parler ni du passé ni de l'avenir, les deux étant bloqués, ils ne parlaient de rien, sinon de la forme des fleurs, de la douceur du soleil, du goût de l'herbe dans la bouche.

Ils voulurent faire sécher leurs vêtements, mais même après une heure, leurs haillons étaient encore froids et rêches, comme le monde dans lequel ils s'apprêtaient à retourner. La robe blanche de Matari, qu'elle portait déjà dans la neige du vieux temple, n'était plus à proprement parler une robe, mais un assemblage précaire de guenilles sales et déchirées. Oboko l'aida à les ajuster sur son corps, et ils s'absorbèrent dans cette tâche avec le plus grand sérieux. Quand ils furent habillés, quand ils eurent remis leurs bottes, ils se tournèrent vers la lointaine vallée de Lissa et, soudain, ils sentirent qu'ils étaient mouillés, qu'ils avaient froid, qu'ils avaient faim, qu'ils avaient peur. Matari tira devant elle un lambeau de soie de sa robe déchirée, comme si elle voulait cacher sa nudité.

Ils discutèrent de ce qu'ils allaient faire, comme une sorte de renaissance de l'ancien Oboko et de l'ancienne Matari. Ils savaient qu'il était impossible d'aller vers l'est et de retraverser le pont au-dessus du ravin. Aller à Lissa à pied, même en essayant de se cacher dans les buissons et les champs, paraissait tout aussi dangereux. Le seul endroit auquel leurs ennemis ne penseraient peut-être pas, et où ils pourraient traverser la rivière, était le bord de mer. S'ils pouvaient parvenir jusque-là sans être aperçus, ils pourraient sans doute passer de l'autre côté du cours d'eau à la nage. S'ils arrivaient jusque-là, ils seraient libres. Mais avant, il leur faudrait éviter le seigneur Arishi et ses hommes, et peut-être aussi les paysans, car Arishi leur donnerait sans doute de l'argent pour obtenir leur collaboration. Il le savait bien, tôt ou tard, Oboko et Matari allaient devoir descendre la vallée de Lissa. Le seigneur Arishi, grand chasseur depuis plus de vingt ans, les attendait.

Ils se mirent en route.

CHAPITRE XVIII

Oboko n'avait jamais reçu l'entraînement d'un guerrier. Il avait appris les rudiments des arts du tir à l'arc et du maniement des épées avant de prendre la décision de chercher plutôt les gains spirituels et de se mettre au service de maître Eno. Ensuite, il s'était consacré à méditer sur les *koan* et les *mondo,* à écouter les paroles de son maître, à observer sa vie et à espérer atteindre l'illumination. Il n'avait jamais connu le *satori,* mais ces trois années passées au monastère lui avaient donné la capacité d'isoler quelquefois ses pensées et ses sentiments de tout ce qui pouvait le distraire - capacité que doit aussi apprendre à maîtriser le guerrier.

Tandis qu'ils entreprenaient la descente de la montagne, Matari et lui, Oboko se disait que seuls les pensées et les sentiments servant directement à leur sauver la vie étaient permis. Son amour et sa peur pour Matari devaient être entreposés dans un tonneau et mis en cave ; il les boirait quand le moment serait venu. Il devait également maîtriser la réponse de ses émotions à toute la beauté qui les entourait : il ne devait pas voir le rose et blanc éclatant des fleurs de cerisiers, le vert presque jaune de la nouvelle herbe tombant en cascade sur le flanc de la colline, les jaunes et les rouges vifs des fleurs sauvages dans les prés.

Matari non plus n'avait pas reçu l'entraînement d'un guerrier, mais, tout comme Oboko, elle avait appris l'art de se concentrer pour se préparer aux défis qu'elle aurait à affronter. Tacitement, d'un commun accord, à une dizaine de mètres à peine de la caverne, ils cessèrent de se tenir la main, comme si l'amour, qui avait empli pour eux tout l'univers pendant quatorze heures, ne pouvait même plus exister sur ce minuscule espace qu'était le point de contact entre leurs deux mains. Leurs yeux, qui n'avaient cessé d'étinceler, se rétrécirent pour mieux observer les rochers, les crêtes, les arbres, derrière lesquels un samouraï pouvait se cacher. Ils avançaient, et descendaient.

Matari marchait en tête, parce qu'ils supposaient que leurs poursuivants n'auraient aucun scrupule à tuer Oboko sans avertissement, et qu'ils n'oseraient pas en faire autant avec Matari. Partout, les arbres, les buissons étaient couverts de bourgeons, les fleurs s'ouvraient, mais Matari et Oboko ne voyaient que risques et dangers autour d'eux. La pente étant assez peu abrupte, ils avançaient, loin de tout sentier, dans un bois clairsemé et, de loin en loin, à travers quelques prés. Ils marchaient depuis deux heures et avaient presque atteint le fond de la vallée quand Oboko vit Matari s'arrêter et regarder vers sa gauche. Puis elle se tourna vers lui et, immédiatement, il comprit tout en voyant l'expression sur son visage.

D'un geste las, sans ressentir de peur, il dégaina son épée. Un cheval et son cavalier descendirent lentement une petite côte et vinrent se placer à quelques mètres d'eux. Oboko continuait d'avancer, et il remarqua sans s'en émouvoir que le cavalier avait lui aussi tiré son grand sabre et les regardait, impassible, s'approcher de lui.

Oboko était persuadé que l'homme était seul – parce qu'il avait vu Matari regarder attentivement le flanc de la colline d'où le cavalier était descendu, et parce que ses propres sens n'avaient perçu la présence d'aucune autre personne. Oboko s'arrêta à cinq mètres du cheval.

« Le seigneur Arishi voudrait voir son épouse », dit l'homme.

Il était grand et mince, il avait une barbe de trois jours et une longue cicatrice sur la joue. Ses paupières étaient à demi closes, comme s'il avait sommeil.

« Non », dit simplement Oboko.

Matari, silencieuse, se tenait à la droite du moine, à une distance égale des deux hommes.

« Bashu, dit-elle, tu peux retourner voir ton maître et lui dire où je suis. »

Les yeux du samouraï continuèrent à fixer Oboko.

« J'ai reçu l'ordre de vous amener auprès de mon seigneur, dit-il. Et de tuer quiconque voudrait m'en empêcher. »

Oboko regarda le sabre, dont la lame devait bien mesurer trente centimètres de plus que celle de son épée. Il ne goûtait guère l'idée de devoir se battre avec le samouraï.

« Et si nous ne résistons pas ? » demanda Oboko.

Le samouraï ne bougeait pas ; ses paupières étaient toujours à demi closes, le bras qui portait le sabre pendait mollement le long de son corps.

« Si vous ne résistez pas, je peux vous tuer, ou non, selon mon bon plaisir.

— Et quel est votre bon plaisir, au juste ? » demanda Oboko.

Le samouraï, au visage ensommeillé, semblait examiner le jeune homme, comme si Oboko appartenait à une espèce inconnue.

« Si vous le voulez bien, répondit-il, vous allez laisser tomber cette épée, et vous mettre en marche, devant nous, en direction de Lissa.

— Quelle joie », dit Oboko.

Soudain, il se mit à courir, passa devant le cheval et alla se placer à sa gauche, du côté opposé au bras qui tenait le sabre. Le samouraï, cependant, éperonna presque instantanément sa monture pour empêcher Oboko de passer. Le cheval l'aurait heurté, poitrail contre poitrine, si le moine n'avait plongé vers l'avant. L'animal lui frappa la hanche et la cuisse, et la lame du sabre passa en sifflant tout juste au-dessus de son dos.

Il se releva en hâte, le cheval pivota pour revenir à la charge, mais Matari s'avança et se plaça entre les deux hommes. Le cheval se cabra, renâcla en se tordant le cou, piaffa, le corps parcouru de frissons. Puis, enfin, le cavalier parvint à le calmer. Les paupières toujours à demi closes, le samouraï, légèrement essoufflé, ne regardait qu'Oboko. Pendant un long moment, personne ne bougea. Alors, Matari fit quelques pas et alla se placer tout près du cheval – la botte du samouraï et la lame de son sabre la frôlaient. Les yeux de Bashu restaient fixés sur Oboko.

« Dame Arishi, je vous en prie, éloignez-vous de moi, dit froidement le samouraï.

— Je vais venir avec toi », dit-elle doucement.

Bashu cligna des yeux, comme s'il hésitait.

« Je vous en prie, éloignez-vous de mon cheval. J'ai changé d'idée.

— Je vais monter en selle derrière toi », dit doucement Matari.

Elle tendit sa petite main vers la selle.

« Je t'en prie », répéta Bashu.

Tout à coup, son regard se détourna d'Oboko et se posa sur Matari. Il voulut lever le bras droit pour brandir son sabre, et Oboko vit avec horreur que la jeune femme s'était accrochée des deux mains au poignet du samouraï, et qu'elle avait été soulevée. Oboko fonça, Bashu leva le bras - et Matari qui y était suspendue - au-dessus de sa tête et tenta de frapper le moine. Oboko para le coup ralenti, puis il leva son épée et l'enfonça dans le flanc du guerrier, par-dessus Matari qui avait repris pied.

Le cheval fit un bond en avant, et l'épée sortit de la blessure. Matari n'ayant pas immédiatement lâché prise, elle fut traînée sur plusieurs mètres avant de s'écraser par terre. Le cheval parcourut une quinzaine de mètres au galop, puis Bashu, une main sur sa blessure, tira sur les rênes et le fit arrêter. Il tenait mollement son sabre dans la main droite. Il fit lentement tourner sa monture.

Matari s'était relevée et était allée se placer à nouveau entre les deux hommes. Les yeux de Bashu étaient désormais grands ouverts ; il grimaçait de douleur. Oboko, la pointe de son épée rouge de sang, attendait en silence. Les combattants se regardèrent un instant, puis le samouraï posa pour la première fois les yeux sur Matari. Il paraissait l'examiner, comme il avait précédemment examiné Oboko, yeux plissés, tel un scientifique qui regarde dans un microscope. La main toujours posée sur sa blessure, mais le visage désormais impassible, il fit encore une fois tourner son cheval et partit au trot vers le sud et la route de Lissa.

Dès qu'il eut disparu derrière une petite colline, Matari et Oboko, réfléchissant comme des guerriers, partirent à leur tour vers leur droite. Les flancs de la vallée n'étaient plus si abrupts, et ils n'étaient plus forcés de se diriger dans une seule direction. Ils se hâtèrent donc vers la ville. Il importait de s'éloigner au plus vite du lieu de cette escarmouche, et de se déplacer là où l'espace était boisé et le terrain inégal.

Dix minutes plus tard, ils aperçurent entre les arbres une chaumière et, plus loin, la route de Lissa. Sans hésiter, ils pressèrent encore le pas. Ils savaient instinctivement qu'ils devaient traverser la route immédiatement, avant que le seigneur Arishi n'ait eu le temps de parler à son samouraï blessé et de déployer ses troupes. Ils sortirent du bois et commencèrent à franchir un champ qui venait tout juste d'être labouré. Il n'y avait autour d'eux qu'un seul signe de vie : un paysan, penché vers le sol, en train de planter, à une bonne distance vers la droite. Ces traces de la civilisation, la chaumière, le paysan, les ornières creusées dans la route boueuse, laissèrent une étrange impression à Oboko, un malaise qui était un mélange de honte et de culpabilité, comme s'il n'avait pas eu le droit d'être là. Sans se regarder, Matari et Oboko se hâtèrent de traverser la bourbe du champ, la boue moins épaisse de la route et l'herbe du pré qui s'étendait de l'autre côté. Deux minutes plus tard, ils ne voyaient plus la chaumière ; ni le paysan, qui, indifférent, n'avait pas cessé de travailler.

Plus loin se trouvait un autre bois. Ils s'y enfoncèrent et croisèrent bientôt un sentier qui semblait se diriger vers le sud-est, vers le point où le torrent de montagne se jetait dans la mer. Ils s'arrêtèrent pour discuter : fallait-il suivre ce sentier, ou continuer à travers bois ? Ils décidèrent de suivre le sentier. Ils pourraient avancer plus rapidement, ils pourraient certainement entendre approcher un cheval et se cacher, et il était peu probable que le seigneur ait disposé des hommes entre eux et la mer. Ils ignoraient le nombre de sentiers qui suivaient une direction parallèle à celui-ci, et ils ne seraient en sécurité que quand ils auraient traversé le torrent. Se cacher ne les protégerait pas. Matari prit les devants et ils repartirent.

Le bois devenait de plus en plus touffu, et le soleil, qui se trouvait pourtant haut dans le ciel, ne perçait guère le feuillage. Ils en voyaient la lumière qui scintillait sur les feuilles des plus hautes branches, mais ils avançaient dans l'ombre. Au loin, sur leur gauche, ils entendaient un étrange bruit chuintant. Après quelques minutes, ils comprirent que c'était le torrent de montagne, qu'ils allaient sans doute bientôt retrouver.

Après environ quarante minutes, ils atteignirent l'orée du bois et se retrouvèrent dans un pré baigné de soleil. Au grondement du torrent, quelque part à leur gauche, s'ajoutait un autre bruit : le déferlement rythmé des vagues sur la plage. Ils étaient arrivés à la mer.

Matari, vêtue des ruines absurdes et ravagées de sa robe blanche, s'avança, tête haute, dans la lumière, et traversa l'herbe verte pour se diriger vers une petite éminence, là où la fin du ravin rejoignait le début de la mer. Quand elle émergea du bois, elle regarda une fois à sa droite, puis droit devant. Oboko la suivit, l'épée à la main.

Quand il sortit du bois, il regarda d'abord à sa gauche : les arbres s'étendaient pendant trente mètres, jusqu'au ravin. Puis il regarda à sa droite : le pré s'étalait sur une bonne centaine de mètres, jusqu'à une petite colline. Les arbres y étaient espacés, et l'herbe qui poussait entre eux faisait penser à l'eau de la mer qui jaillit entre les rochers. Tout en suivant Matari, il écoutait le ronflement continu des eaux de montagne s'engouffrant dans la mer, et le râle intermittent des vagues déferlant sur les rochers de la plage, au-delà du pré.

Matari se dirigeait, sans louvoyer, directement vers l'endroit où le torrent se jetait dans la mer. Oboko cherchait des signes de la présence des samouraïs mais, malgré lui, il souriait. Il se sentait le cœur léger, débordant de vie et d'exaltation. Le guerrier se sentait immergé par le flot de cent bouteilles débouchées : l'amour, la joie, le plaisir de sentir le soleil sur sa tête et ses épaules, la terre douce et humide qui amortissait chacun de ses pas, la caresse du vent tiède qui glissait contre son visage, la vue de la longue chevelure noire de Matari ondulant délicatement à chacun de ses pas et, enfin, l'apparence de la mer qu'il put apercevoir, près de vingt mètres plus bas, parsemée d'écume blanche, quand il alla se placer auprès d'elle. Il remit son épée au fourreau et contempla l'infinie étendue bleue devant eux, qui ondulait, miroitait, scintillait, dansait, comme si elle se donnait en spectacle pour Oboko et Matari.

Le bruit du torrent était plus grave à l'endroit où l'eau tombait et s'enfonçait dans l'océan. Oboko pouvait voir les vives eaux douces qui fendaient la masse placide de la mer sur une bonne cinquantaine de mètres. Traverser ce courant à la nage sans se faire emporter au large serait... difficile. Ils allaient devoir se déshabiller, plonger, lutter contre le courant, pour ensuite – serait-ce vraiment possible ? – renaître en arrivant de l'autre côté. Être nus, entièrement dépossédés, et pourtant riches comme jamais.

Matari, sans le regarder, vint se blottir dans ses bras. La soie de sa robe était sèche par endroits, car le soleil était chaud. Elle appuya la tête contre son épaule, et il vit deux mouettes tourner dans le ciel, précisément au-dessus de l'endroit où le torrent rejoignait la mer ; elles semblaient chercher quelque chose – quelque chose qui n'était pas là. Matari aussi regardait ce rapide cours d'eau qu'ils allaient devoir traverser à la nage. Elle poussa un profond soupir. Ils se retournèrent en même temps pour jeter un coup d'œil au pré d'où ils étaient venus ; parmi les arbres, dans un espace ouvert et baigné de soleil, un homme était assis dans la position du lotus, comme une statue religieuse qui aurait été posée là plusieurs siècles auparavant. C'était le seigneur Arishi, son grand sabre sur ses genoux.

À sa gauche et à sa droite se tenaient deux samouraïs ; l'un d'eux tenait les rênes de trois chevaux. Arishi portait des vêtements propres, une cape noire, un pantalon noir. La lame de son sabre étincelait au soleil, dans un contraste saisissant avec le noir de ses vêtements et le vert de l'herbe ; on aurait dit que l'arme était un objet précieux offert aux regards.

Matari et Oboko ne tremblèrent pas, ne sursautèrent pas en voyant le seigneur Arishi. Sa présence leur parut, dès qu'ils l'aperçurent, absolument inévitable. L'idée de ressortir de l'autre côté du torrent de montagne, libres, nus, de renaître, ne sembla plus qu'un songe creux. Oboko se pencha vers Matari ; elle levait le visage vers lui et souriait. Comme si, alors que le sabre approchait, le soleil réchauffant ses lèvres gercées était un bonheur suffisant.

« J'ai pris une décision, dit-elle simplement, et je me suis épanouie comme une fleur. »

Elle desserra son étreinte, se tourna vers le seigneur Arishi et avança à grands pas en sa direction. Oboko, sans réfléchir, la suivit. Ils traversèrent le pré en ligne droite, comme un petit défilé. Matari s'arrêta à moins de dix mètres du seigneur Arishi, qui, toujours assis dans la position du lotus, évoquait un bouddha noir. Le grand sabre était posé sur ses genoux, l'expression de son visage était indéchiffrable. Oboko se plaça un peu derrière et à la droite de Matari. Il entendait des oiseaux qui chantaient dans les arbres derrière les samouraïs.

« Pourrions-nous vous emprunter deux chevaux ? demanda Matari à l'improviste. Nous souhaitons partir vers l'est. »

Le seigneur Arishi ne répondit pas. Il la regardait, impassible. Les deux guerriers derrière lui n'avaient pas bougé, mais Oboko se rendit compte que d'autres samouraïs s'étaient placés et à leur droite et les observaient.

« Et si vous aviez aussi de la nourriture, et des vêtements propres, cela serait fort apprécié, ajouta Matari. Nous n'avons pas fait bon voyage. »

Oboko ne voyait que son dos et une partie de son visage. Elle se tenait très droite. Ses cheveux recouvraient, dans son dos, les restes déchirés de sa robe. Arishi la regardait, impassible. Oboko savait que le dernier combat était engagé - un combat sans épées. Les oiseaux dans les arbres continuaient de chanter.

« Tu dois mourir, dit le seigneur Arishi d'une voix rauque.

— Pourquoi ? » demanda Matari d'une voix claire.

La question alla se poser sur l'herbe. Le seigneur Arishi regardait froidement sa femme. Après plusieurs secondes, il répondit :

« Ma décision est prise.

— Je veux vivre », dit Matari.

Sa voix était claire, ferme, calme, absurde, si bien qu'Oboko se demandait presque pourquoi elle avait parlé.

« Ma décision est prise, répéta le seigneur Arishi.

— Laissez-nous partir, le poète et moi, dit-elle d'un ton bizarrement cérémonieux. Nous traverserons la mer, nous irons en Chine. »

Arishi continua à la regarder un instant, puis ses yeux se posèrent sur Oboko.

« Va-t'en, gringalet, dit-il. Le vent t'appelle, mais c'est peut-être la dernière fois. »

Oboko ferma les yeux, sans savoir pourquoi. Puis il les rouvrit et, lentement, lourdement, dégaina son épée.

Le visage d'Arishi demeura impassible.

« Très bien, dit-il. Tu as choisi ta fin. »

Matari tourna légèrement la tête vers la droite.

« Je vous remercie de m'avoir accompagnée, dit-elle en s'adressant à Oboko. Je vous permets maintenant de partir, vous avez fait votre devoir. »

Elle le regardait d'un regard chaleureux, attentif, mais maîtrisé.

« Tant que tu vivras, tant que je vivrai, Matari, dit Oboko, je ne te quitterai pas. »

Le regard de la jeune femme restait chaleureux, mais semblait de plus en plus distant, comme si elle s'éloignait de lui à une vitesse incommensurable.

« Elle est déjà morte, Oboko, dit le seigneur Arishi. Ne répands pas sur cette herbe le sang de ta jeunesse.

— Je voudrais, commença doucement Matari, pour l'amour que tu as pour moi... et pour... pour l'amour que j'ai pour toi... (des larmes emplissaient ses yeux, mais son expression chaleureuse et distante demeurait inchangée) ... je voudrais que tu ranges ton épée et que tu partes. »

Quand il vit Matari au bord des larmes, Oboko sut qu'elle allait mourir, avec la même certitude qu'il avait su que le samouraï tombant au fond du ravin allait mourir. S'exprimant avec la voix calme et maîtrisée d'acteurs, ils jouaient le dernier acte d'une tragédie écrite par un fou. Rien, rien, rien ne pouvait justifier la mort de Matari. Son regard quitta les yeux embués de la jeune femme et se posa sur le seigneur Arishi.

« Vous ne pouvez pas la tuer ! » s'écria-t-il.

Le samouraï le regardait avec indifférence. Pour la première fois depuis son apparition, il bougea : il prit de la main droite la garde de son sabre et leva le bras, de sorte que la lame pendait verticalement vers le bas. Se servant du sabre comme d'une canne, tout en grimaçant de douleur et en évitant de mettre du poids sur sa jambe gauche, il se hissa pour se relever.

« Nous allons voir », dit-il simplement.

Il se mit debout, la longue lame de son sabre s'avançant désormais vers le bas devant lui, la pointe à quelques centimètres de l'herbe. Quelques feuilles d'herbe, d'ailleurs, adhéraient à son pantalon, là où ses genoux avaient touché le sol.

Matari, qui tournait le dos à son mari, parla alors, et, pour la première fois, une insistance un peu angoissée altéra sa voix : « Non, Oboko, non. C'est fini. »

« Laissez-la partir, dit gravement Oboko, s'adressant au seigneur Arishi. Laissez-la partir. »

Le samouraï, sans répondre, avec lenteur, une incroyable lenteur, fit quelques pas boitillants en direction d'Oboko. Son regard parfaitement maîtrisé ne faiblissait pas. Quand il fut à trois ou quatre mètres du moine, Arishi vit Matari s'interposer entre eux.

« Non, dit-elle. Mon seigneur, je suis prête, je suis prête à accueillir la mort.

— De l'honneur, enfin, malgré la fange, dit Arishi, qui s'arrêta quand il ne fut plus qu'à un mètre d'elle.

— Matari ne mourra pas », affirma sèchement Oboko.

Il fit un pas de côté, afin que la jeune femme ne se trouvât plus entre eux. Il savait, confusément, que les guerriers du seigneur Arishi s'étaient déplacés et les encerclaient désormais. Matari, Oboko et Arishi formaient un triangle dont chaque côté représentait à peu près la longueur d'une épée.

Un long moment passa. Les deux hommes s'observaient, épée à la main, jambes écartées, genoux légèrement fléchis. Matari, à la gauche d'Oboko, regardait son mari.

« Niko », murmura-t-elle, doucement, anxieusement.

Le visage d'Arishi, qui, toujours, était resté froid et impassible, rougit profondément, et parut tendu.

« Niko », répéta-t-elle.

Oboko jeta un rapide coup d'œil en sa direction : elle souriait. Elle souriait !

Comme si le fait d'entendre Matari prononcer son nom intime lui avait rappelé tout ce qu'il avait perdu, le seigneur passa si rapidement à l'action qu'Oboko n'eut même pas le temps d'esquisser un geste. Vif comme l'éclair, il brandit son sabre, trancha le cou de Matari, dont le corps s'écroula sur l'herbe en une masse disgracieuse, tandis que sa tête roulait sur l'herbe.

Oboko regarda, effaré, le sang qui jaillissait de son cou, sans doute parce que son cœur n'avait pas encore cessé de battre ; il regarda ses yeux ouverts, fixes ; il regarda son visage, qui souriait encore... Incapable de réfléchir, il leva les yeux vers le seigneur Arishi, qui en retour le regardait sans le voir, le regard vide et fixe. D'un geste mécanique, il avait replacé son sabre en position d'attente. De petites gouttes de sang coulaient une à une sur l'herbe. Soudain, tout en poussant un râle à demi réprimé, Arishi rejeta la tête vers l'arrière, comme s'il avait reçu un coup. Il fit quelques pas hésitants, puis se laissa tomber auprès du cadavre de Matari. Son sabre, oublié, gisait sur l'herbe. Il tenait les deux poings fermés devant lui, comme si on lui avait passé des menottes. Arishi rampa encore sur les genoux et, la tête entre les mains, appuya son visage contre la robe déchirée de la jeune femme.

Assommé, effaré, Oboko regarda pendant plusieurs secondes l'homme et la chair morte de sa femme – le noir vivant agenouillé auprès du cadavre blanc. Le moine laissa lui aussi tomber son épée. Il jeta un dernier regard sur le seigneur Arishi, agenouillé devant le corps de Matari comme s'il priait ; Oboko jeta un dernier regard à ces yeux qui ne voyaient plus que l'infini, qui voyaient tout, et à ce visage qui souriait encore. Puis il pivota sur lui-même et s'en alla.

Il marcha vers les samouraïs silencieux qui les encerclaient. Il passa entre deux hommes qu'il ne regarda et ne vit pas. Il marcha vers le sentier qu'ils avaient suivi, Matari et lui, ce matin-là, le sentier qui menait au petit pré où elle était morte et où gisait son cadavre. Il passa tout près d'un groupe de chevaux, qui s'agitèrent nerveusement en l'entendant. Il s'engagea sur un chemin bien fréquenté, un chemin sur lequel on menait des ânes, et il se dirigea vers l'ouest, vers la ville de Lissa. Plus il s'éloignait de la mer, plus il entendait clairement le chant des oiseaux, plus il appréciait la beauté des buissons couverts de bourgeons. Au loin, devant lui, il pouvait entendre les cris d'enfants qui jouaient.

*« Poème mortuaire »**

Je ne comprends pas, seigneur :
Pourquoi m'avoir épargné
Sous les fleurs de cerisiers ?
Vous me sembliez affreux,
Cavalier noir, et vos coups,
Tout honorables qu'ils fussent,
Me faisaient tant enrager
D'une rage pourtant juste.

Ce soir, néanmoins, je donne
Ma main de fort bonne grâce.
Car j'ai pris ma décision.
J'ai vu le soleil briller
Sur les belles fleurs des champs.
J'ai chevauché le vent blanc.

1862, Oboko (1772-1862).

* D'après la légende, Oboko a composé ce poème quelques heures avant sa mort, à l'âge de quatre-vingt-dix ans. Il s'est éteint, assis dans la position du lotus, entouré de six disciples, dans la petite ville (aujourd'hui abandonnée) de Luchoko, dans le nord du Japon.

Mouches aux pieds rouges
Veulent manger mais s'empêtrent
Dans tes cheveux noirs.

Oboko

« Je m'allonge dans mon cercueil »*

Ce ne fut pas simple
D'en arriver jusqu'ici
Et regardez bien :
Les fourmis sont impatientes
De manger ce qui fut moi.

1794, Izzi.

* Ce poème est l'un des six « poèmes mortuaires » qui subsistent de tous ceux qu'écrivit Izzi. Aucun d'eux n'a été écrit à l'heure de sa véritable mort. On ne connaît aucun autre poète japonais qui en ait écrit plus d'un.

« Prière à l'astre solaire »*

Globe opulent recueilli
Dans la paume de la main
De quelque dieu invisible,
Crache sur nous ta lumière,
Fouette-nous de ton fouet blanc,
Chauffe et rôtis notre chair
Sur le gril de ta terre noire.
Nous cuirons, nous gonflerons,
Et puis nous serons mangés.

1797, anonyme, attribué au seigneur Arishi (1757-1796).

* Environ deux douzaines de poèmes sont attribués au seigneur Arishi. Celui-ci serait le dernier, et le seul à avoir été écrit après la mort de son épouse. Arishi lui-même est mort moins d'un an après elle, loin de sa ville de Samika, lors d'une anodine expédition contre des bandits.

Cet ouvrage a été achevé d'imprimer
pour le compte des éditions Aux forges de Vulcain
par CPI Firmin Didot,
en septembre 2021.

Imprimé en France
Dépôt légal : septembre 2021
N° d'édition : 1045 - N° d'impression : 166343